10. **gesangsgruppe achleitner/kroissl und oberwanger geigenmusi**
innviertler landla – 5:49
rec: 12.6.1982

11. **solinger bauernkapelle**
innviertler landla – 3:16
rec:14.10.1978

12. **braunauer volkssänger/familie simböck**
innviertler 4 zeiler – 2:34
rec: ca.1938

13. **gadermaier/groß**
koblstattbäurin u. zeignertochter aus führholz
geige: hans schatzdorfer
innviertler gstanzln – 2:45
rec: 30er-jahre

14. **kathi hohler/franz biereder**
innviertler gstanzln – 3:07
rec: ca. 1931

15. **schmollner landlamusi/schweichetsreither zeche**
innviertler zechenlandla – 8:35
rec: ca. 1980

titel 1, 2, 5, 6, 8: rec. hp falkner
titel 7: rec. franz fürst
titel 3: rec. sam auinger
titel 4, 9, 10, 11, 13, 15: archiv orf
titel 12, 13: archiv ernst weber
mastering: sam auinger/hp falkner

1234
gstanzln

herausgegeben von
hans-peter falkner

Verlag

publication PN°1

A-3970 WEITRA
02815/35594

ISBN 3 85252 126 6

printed in Austria
by
Plöchl
A-4240 Freistadt

foto: wilfried petzi/hp falkner
buchgestaltung: hias schaschko/hp falkner

hans-peter falkner

1234 gstanzln

inhalt

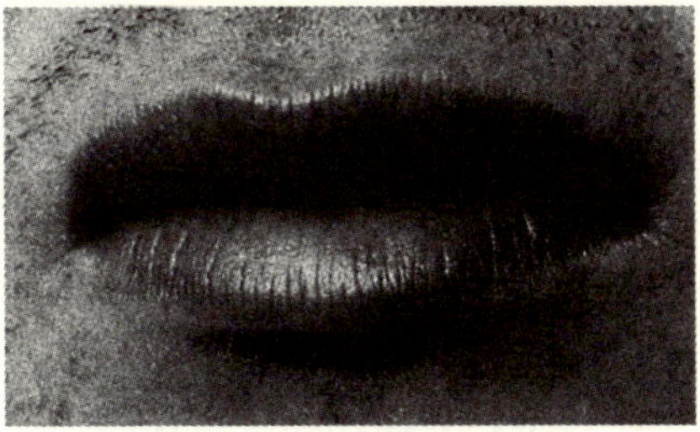

hans-peter falkner

musiker

1 i sog ned a so
und a ned a so
das ned irgendwea sogn kau
i sog so oda so

2 und i red wos i wü
und i tua wos mi gfreid
und i schea mi goa ned
um de woschadn leid
de goa so vü redn
und bled dan üwa mi
san olle mitanaunda
vü schlechta ois i

3 hoch auffi hoch auffi
hoch auffi schteig i
schteigt neamd so hoch auffi
hoch auffi wia i

4 e e e e e e
mia san de schenan zwe
e e e e e e
mei han mia sche

i hob de schof augschaud 5
dschof de haum mi augschaud
oft hob i mi gschaumd
wei mi dschof augschaud haum

sim sim und sam sam 6
sfinanzamt und dschandam
in apotheka sei hund
leckts mi in oasch und bleibts gsund

dea oa denkts dea oa moants 7
dea oa frogt scho wias is
muaß scho so sei
wauns a ned aso is

geh auffi geh ummi 8
oft findst in weg gwis
wo gestan in vodan
sei kraut gschtaundn is

gscheada hirammö gscheada horammö 9
iß a rohsfleisch is guad fian hianschweiß
schmia da in bau ei mit soimiack
dasd mehra hian kriagst und weniga gnack

10 gestan hods gschneibt
und koid is im laund
do san ma de läus dafroan
unta mein gwaund

11 waun i nimma mog
und bin grantig vor not
daun schtreich i ma in oasch blau au
und dhaxn rot

12 da adam und deva
haum gwett um an käfa
da adam hod gwunna
und deva hod gschpunna

13 hoids eng zaum hoids eng zaum
heid is koa sünd
i hobs in kalenda gschaud
heid gehd da wind
und wo da wind heagehd
des siacht ma glei
bei de oan gehda eini
bei de aundan voabei

gestan auf dnocht 14
do hauma glocht
mia haum nia aso glocht
ois wia gestan auf dnocht

i hob oiwei gmoand 15
i datrogads goa nia
hiatzt hob is datrogn
owa frogts mi ned wia

grod den i goa ned mog 16
den siach i olle tog
und den den i mecht
den siach i ned

wos wahr is muaßt leugna 17
wos ned wahr is beschteh
und waunst kloa vadraht liagn wüst
oft muaß aso geh

i hob ihas gsogt 18
sie hod mas ned glaubt
i sog ihas solaung
bis daß mas hoid glaubt

19 und a wohl und wohl a
und a ned und ned a
und aso und so a
jo is scho woa a

20 de ratschatn leid
de schick i an gruaß
sie soidn si woschn
san söm volla ruaß

21 auf beim schpund
dwöd gehd zgrund
waun ma nimma lebm
samma nimma gsund
kemma nimma sogn
auf beim schpund
dwöd gehd zgrund
bumm

22 und im winta und im summa
is ma vü untakumma
und im summa und im winta
kimmt ma nu vü mea inta

iwafian iwafian 23
schreid de kloa fischersdian
zweng den scheiß iwafoan
is a so woan

dort drobm aufm berg 24
is a hefm voi kraut
i hed gean davau gessn
und hob ma ned traud

im toi is da newö 25
am berg obm is kloa
und wos de leid vo mia redn
is ois ned woa

und a frau schaud ian mau au 26
und a mau schaud sei frau au
und si schaun si so au
wia ma si nua auschaun kau

i tua ned vü singa 27
i tua ned vü sogn
und i trau ma koa henn
aus da schteign aussijogn

28 i trau ma i trau ma
i trau ma ned trau
und waun i amoi gressa bin
trau i ma schau

29 da fink sogt zum zeisal
und szeisal zum fink
ind schtodt do fliagn ma ned
weis aso schtinkt

30 gestan und heid
hod de sun so sche gscheid
hod nu nia so sche gscheid
ois wia gestan und heid

31 üban see üban see
fliagn meine taubm in dheh
muaß amoi ummifoan
fedan zaumglaubm

32 mogst ollewei rauzn
mogst ollewei schrein
waun da kittlsog gressa wa
schiabads uns ei

es gibt große und kloane leid 33
de oan san dumm und de aundan gscheid
und de wos goa nix doaschtön
kennan bled schaun und dumm redn

schauts nua wias regna tuad 34
schauts nua wias giaßt
und wia vo de dochlottn
da dreg owaschiaßt

a spau untam nobö 35
do schpringt da bauch auf
do sitzt a schwoaz katzal
und paßt auf a maus

hinta da schtaun 36
do sitzt a falott
und ea traud si ned viara
weila dhosn voi hod

da adam und deva 37
haums gebot vagessn
san in dschtaun einigräud
und haum äpfö gessn

38 a griasknedl und a lebaknedl
haum si goa ned vatrogn
hod da griasknedl in lebaknedl
übas söchbangl owigschlogn

39 vorige wocha
hauma an teifö ogschtocha
wea a teiföfleisch mog
dea kau kemma de tog

40 sche gschissn sche gmoin
und da dreg is koa soim
waun gschissn boid wa
wa da dreg a soim a

41 owa kraxnweib kraxnweib
bleib aweng schteh
i scheiß da in dkraxn
oft mogst wieda geh

42 auf da wöd samma scho
weida gehds nia
und wauns amoi weida gehd
gehds dahoam via

da giglgogl hod a mensch ghobt 43
und da goglgigl dea hod a
sogt da giglgogl zum goglgigl
geh gogl ma de mei a

wigl ned aso wogl ned aso 44
shäusl foid zaum foid zaum
wigl ned aso wogl ned aso
shäusl foid zaum
setz ma a schpreitzn au
das uns ned zaumfoin kau
wigl ned aso wogl ned aso
shäusl foid zaum

i hed gsogt sogt a hod a gsogt 45
ned zum sogn sogt a hod a gsogt
daß i sog sogt a hod a gsogt
daß dleid sogn sogt a wia ma sogt

wigl ned aso wogl ned aso 46
hinta mein bett
du rennst ma in soachdegl um
siachst denn des ned

47 waun i wissad das gang
das dbäurin ned kam
gang i owi in kella
und schleckad vom rahm

48 a grü sitzt im gros
und pfeifft si grod wos
auf oamoi is schtaad
schedl ogmahd

49 und a kloans a kloans häufei
a kloans a kloans bett
und a kloans a kloans häufei
koa groß mog i ned

50 da kopf faungt zum sausn au
jo wei i lauta schtroh drin hau
dmäus san jo a scho drin
jo wei nia a kotz eikimmt
hiatzt is ma da vaschtaund davau
wos faung i do nu au
hiatzt hob i goa koa hian
und woaß koans mea zkriagn

da lipp und da lenz 51
haum a oaduttlads mensch
und da lipp hods ned gwißt
das mensch oaduttlad is

fria haums koa ua ned ghobt 52
de oidn mauna
haum in mist einigschaud
und san zum essn gaunga

zum politisian 53
haum jo mia zweng hian
san de aundan so gscheid
und föhd a hümmöweid

schauts eng in ferdl au 54
wia ea do sitzt
hiatzt schteck ma eam a wurscht ins mäu
wettn ea frißts

znaxt bin i üban see umigschwumma 55
fliagt ma a brodne antn ins gsicht
hob i ma mein anorak zrissn
fürchtet euch nicht

56 mia tramd vo de ochsn
mia tramd vo de kia
mia tramd vo meina oidn
wos gscheids tramd ma nia

57 a schwara a launga
is leicht zum faunga
waunst kloa bist und schleini
schlupfst übaroi eini

58 hinta da hoslschtaun
bleib a weng schteh
oft weant da de narrischn
schnaggal vageh

59 gestan vor drei wocha
hauma an teifö ogschtocha
und in viazehn tog
eßma a fleisch wea ans mog

60 fria hauma goa nix ghobt
koane schua und koa gwaund
hiatzt hauma wieda läus und fleh
ois duachanaund

a auto und a goasbock 61
des is a grechts poa
sie schtessn ois nieda
und schtingan olle zwoa

an i und an o 62
und an a und an en
und a kua scheißt an gressan dreg
ois wia a henn

und hiatzt trog is a klostafrau 63
üba mei schtiagn
und hiatzt kaun mi da höteifö
a nimma kriagn

da bau dea nimmt sis betn fia 64
smäu reißt ea auf ois wia
ea zlegsnd in radlbock
und jo a in daunglschtock
neiboarisch oxnjoch
loatawogn so hüf ma doch
aus is mit mia
schreid da bau zu sein schtia

65 und es bleibt scho beim oitn
und es bleibt scho da brauch
waun da schoaß draussn is
gfreid si da bauch

66 gestan hob i gschissn
und heid scheiß i a
und morgn scheiß i wieda
und übamorgn a

67 dwöd is a ringlgschpü
draht si im kroas
wo des nu higeh wiad
wia guad daß neamd woaß

68 da attwenga tischla de liabe maus
hod jo irwengst so an rausch
hea in geh do mog da gsö
schia jo ned dazahn sei gschtö
da schnuaboat woxad a
jo waun da grund ned schlecht wa

und dea oa mogs aso 69
und da aunda aso
do is mia scho liaba
es is a so und ned so

und dea ähndl und de ahnl 70
toan schpanl zaumglaubm
nimmt da ähndl a schpanl
und hauts da ahnl auf dhaubm

und a floh und a fliagn 71
de san ned zum kriagn
oba a fliagn und a floh
de kriagad ma scho

wos nutzt oan des grantln 72
wos nutzt oan des sorgn
slebm gehd jo grod
vo heid bis auf morgn

da fux und da hos 73
gengan mitanaund ins gros
und da fux hods ned gwißt
das da hos sovü frißt

74 a buxbaumas laubat
a oachana schtock
waun da hund auf a goas böd
wettad da bock

75 a stoaoide maus
is in ofm krocha
hod si dochsl ausgheid
und in schwoaf obrocha

76 daßd wos valoan host
des is scho gwis
und du wiast das scho findn
waunst nua wissast wos is

77 wauns regnt so regnts noß
wauns schneibt so schneibts weiß
und wos aundre leid ärgad
des tua i mit fleiß

78 in elend hauma doan ogschnidn
dleis hauma uns söbm vatriebm
dschuidn hauma in rauchfaung ghängt
dnot hod a end

es gehd ma oizeid aso 79
so auf und nieda
hed i shexn gleand
i valeanads nimma

gestan hauma baundnudln ghobt 80
baundnudln san guad
und waun mas wieda amoi kriagn
schteck i ma oane am huad

wauns ma hoid ned guad gehd 81
mogs mi ned schean
owa recht vü schlechta
soids a nimma wean

wauns nacht is gehma schlofm 82
wauns tog is schtehma auf
wauns kocht is gehma essn
wauns goa is heama auf

gestan hods gnewöd 83
und heid newöds a
wauns wieda amoi newöd
newöd i a

84 drei unta drei oba
drei fedan am huad
mia zwoa san do
tuad koana a guad

85 a oaden a oaden
is a gschpaßigs ding
ea schmeckt ned und schtinkt ned
und hod a koan sinn

86 aufgwixt und zaumgwixt
mia haum dahoam a nix
ois a zaudiarre goas
und de daleid ned vü gschpoas

87 kaufts ma a wuazn o
oda a öl
is fia des beissad guad
beißts wo da wöl

88 waun i tad wia ma tuad
und aso tuan tad
daun tad i tuan wia oana tad
dea so tuad wia waun ea tad

elektrisch muaß ois nu wean 89
elektrisch wiads lebm und schterbm
elektrisch wean de kinda gmocht
elektrisch auf dwöd heabrocht
is da mau siebzge schau
und nu ned schterbm kau
wiad ea am end
elektrisch darennd

hab di ned gift di ned 90
moch da nix draus
habst di und gifst di
so lochans di aus

göd hauma und san gsund 91
lustig gehd dwöd zgrund
waun mia nimma lebm
kau uns neamd mea wos gebm

bin i gsund is ma recht 92
bin i kraunk gehds ma schlecht
hob i a göd bin i froh
hob i kans gehds aso

93 geh leich ma dei gsicht
zum jüngsten gericht
das i in teifö daschreck
sonst bring in ned weg

94 de sechsadreißg tausend schuin
de soi da teifö hoin
unds mensch a dazua
oft is a rua

95 ob i sing ob i pfeif
oda ins taschl greif
ob i pfeif ob i sing
is im taschl nix drin

96 da gödbeutl is zrissn
shosntial voi rost
is des a wunda
wauns lebm sovü kost

97 wozu nutzt ma mei klogn
davau werd i ned fett
i wea mei unglück scho trogn
waun i a brot dazua hätt

und in da finsterkeit 98
siacht ma hoid ned soweit
ois wia beim togesliacht
wo ma vü weida siacht

wauns nua ned regna tuad 99
wauns nua ned schneibt
wauns na ned schlechta wiad
wauns na so bleibt

und wauns jeden so gang 100
wia ea moant das a mecht
daun gangs de aundan
glei nuamoi so schlecht

gengan de mentscha am kiada taunzn 101
richtn si si zaum an pflauns
sie schtön si recht reizend via
jo sogoa bis zu de knia
weida deafst ned auffischaun
wei do hod da hodamau
sei magazin und sei
niedalos drin

102 bist gestan do gwen
und heid a scho wieda
waunst morgn wieda kimmst
wiast ma a scho zwieda

103 und draußt auf da grean au
gehd a mau und a frau
und a knecht und a dian
gehn a do schpazian

104 da adam und deva
de schwimman im see
da adam gehd unta
und deva ind heh

105 owa lustig wiads wean
waun de zeit amoi kimmt
waun oana den aundan
bei de oawaschln nimmt

106 da saubea dea schaumd si
ea woaß es genau
seine kinda san fackal
und sei oide a sau

hob übaroi gschaud 107
hob übaroi gsuacht
hob nirgens wos gfundn
des is vafluacht

tua laungsam tua laungsam 108
tua ned so gschwind
wia ma knedl tuad mocha
des woaß a jeds kind

wauns lebaknedl regnt 109
und bratwürschtln schneibt
oft bitt i in heagott
das weda so bleibt

is denn dos woa 110
das a sau borstn hod
borstn und koane hoa
is den dos woa

und da löffö ghead zum essn 111
und dmistgobö in schtoi
und wea des vawechslt
dea meakts scho amoi

112 da sepp bockt golatschn
mit powidl frisch gfüd
do wiad da marian
ia hunga gschwind gschtüd

113 obs rengt oda schneibt
obs blitzt oda krocht
es muaß hoid a ding sei
is tog oda nocht

114 und a mistgobl ois a hoanodl
und a schtiakettn umman hois
fia so a saubas diandl
jo do kaufad i ois

115 znaxt hauma an teifö gfaungt
hauman in wogn eigschpaund
hauma eam in schwauns vabrennd
do is ea grennd

116 und de schmiedbuam de schpitzbuam
de kennans so fein
beim tog mochans nägl
und bei da nocht schlogn sis ei

gehds hea waunts a schneid hobts 117
es feigling umanaund
i hau eich um derd
und pick eng auf dwaund

waun di oana foppt 118
und a nu bled redt
oft haust eam oane eini
oba grob sei deafst ned

mitn huad in da haund 119
kummst weid umanaund
oba mitn gödl im sock
host mitn huad a koa plog

znaxt hob is schnoizn ghead 120
schnoizn beim zaun
wauns nu amoi schnoizt
muaß i glei schaun

und da boch is üba dschtroß ummigruna 121
dfisch haum vo de bam owigsunga
dkia haum si schwoimnesta baud
do haum dleid gschaud

122 und a oids foß hod an oidn roaf
und a oida mau hod an oidn schwoaf
und a oids weib hod a oids lo
owa rabön mengs do

123 hob i eanta ned gwißt
wia da fux de henn frißt
owa hiatzt woaß is scho
beim kaumm pockt das o

124 hinta da hollaschtaun
sitz a guggu
dea hod a weiß häubal auf
grod so wia du

125 fein hiatn fein hoitn
ned einitoppm
es schteckt oft a fux
in ana zipflkoppm

126 heid geh i ned aus
wei da wind aso saust
wei da wind aso tuad
is ausgeh ned guad

da baua und da hund 127
und da gmeindeschreiba
haum mas mensch ned vagund
de drei hungaleida

schtrumpf hod ea a koan au 128
und is so koid
dfäustling hod ea a valoan
hiatzt is ea dafroan

da oa hod zwoa haxn 129
da aundre grod oan
waun ea nimma schteh kau
kau ea oiwei nu loan

oba sunst sans scho sauba 130
haum goschal so siaß
und a eadöpföwaumpm
und dreckige fiaß

warums eadöpfö gibt 131
des woaß i jetzt scho
daß a da kloa häuslmau
wen dhaut oziagn kau

132 tad ma dummheid vaschteian
daun hed ma gnuag göd
es gibt jo nix dümmas
ois wia dleid auf da wöd

133 es gibt ollerhaund maschinen
di oa drischt de oa saad
hiatzt brauchat ma grod oane
de de schteian zoin tad

134 i mog hoid des jungsei
goa sovü gean
i vaschteh ned den brauch
das ma öda soi wean

135 beim diandl ian brunn
wogst da mias umadum
foad a schtangl aus und ei
muaß a leiabrunn sei

136 da nochba mechts haus
da aunda mechts göd
da aunda de mentscha
so gehds auf da wöd

und de schtrümpf san vom nochban 137
und de schua san vo mia
und i legats gean au
waun i wissad nua wia

und unsa hea nochba 138
da hefmbinta
ea hed gean a mensch
is eam zkoid da winta

wos is denn mitn göd 139
hob koans hea do auf dwöd
bring koans hoam tua koans zaum
gehd so a nimma laung

hiatzt hob i mein goasbock 140
aufs doch aussi tau
das olle leid sehng
das i a a viech hau

drenta da hollaschtaun 141
sitzn zwoa hosn
dea oane tuad zidanschlogn
dea aundre tuad blosn

142 aufm berg singan dlerchn
im woid schlogt da fink
zhaus hob i a nochtigoi
di a so sche singt

143 a heuschreck mit fedan
und a maikäfa mit an pfluag
und a füzlaus hob i a nu nia gsehng
mit an grean huad

144 hinta mia voada mia
krahd oiwei a hau
mia wa jo vü liaba
ea peckad mi au

145 wia da vogl hi is gwen
hob i eam wos zum fressn gebm
hod ea sei mäu auftau
nimmt nix mea au

146 hob schpaschpreißl ghoböd
hob sogschoatn globm
hob hoizöpfö gschpunna
im taubmkobö obm

gott voda im hümmö 147
schau oba auf dwöd
hiatzt hauma scho wieda
scho wieda koa göd

in da schtodt bin i gfoan 148
mit an gläsan schubkoan
hob ma doaschbockn gfread
des hobts a nu nia ghead

unten in zlinz 149
do gibts a tunnö
waunst einifoast wiads finsta
und waunst aussikummst wiads hö

und hinta da hollaschtaun 150
da is wos gscheng
ma woaß zwoa ned wos
aber dleid de haums gsehng
jo dleid de haums gsehng
und de wissens gauns gwis
sie haums hoagenau gseng
daß finsta gwen is

151 dea littlattl mocht a bettschtadl
dea littlattl hods gmocht
dea littlattl hod si einiglegt
is mitn bettschtadl zaumkrocht

152 in unsan birnbam
is a voglnest drobm
bin i auffigschtign hob i einigschaud
woa koa vogl ned drobm

153 in da fria um hoibe drei
hod dhennaschteign krocht
hod da gigl bei da gogl
sei schuidigkeid gmocht

154 i hob ma de schtrimpf umdrahd
weil i mi schaum
daß i auf da aundan seit
a sovü löcha hau

155 drenta da hollaschtaun
sitzt a krowod
und ea traud si ned viara
weila dhosn voi hod

mei godn is gschtorbm 156
wos hods ma brocht
in sunschein beim tog
und in mondschein auf dnocht

mei ged und mei godl 157
san kreizbrave leid
sie raufm woi öftas
oba nia haums an schtreid

gestan is sunda gwen 158
heid is ocht tog
da hauma an brodn ghobt
und an solod

gestan is sunda gwen 159
heid is maunda
hiatzt tad mi scho wieda
umman feichta blaunga

hi üwas lo hea üwas lo 160
dbäurin scheißt öpfiko
da bau scheißt a dazua
öpfiko gnua

161 mei muada bocht kropfm
und i brunz a weng au
oft bleibms sche softig
und brennand ned au

162 mei diandl hoaßt frida
is oiwei recht zwida
owa waun i ia gscheid tua
gibt dfrida a rua

163 wos soi i nu frogn
wos soi i nu sogn
mia foid nix mea ei
daun loß is hoid sei

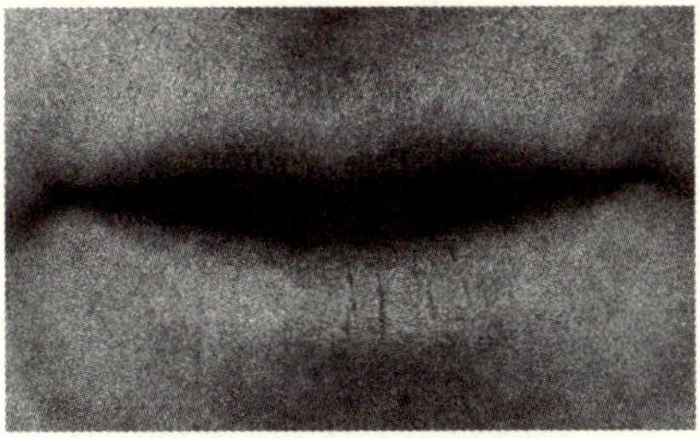

hias gattermann

ziehharmonikaspieler
komponist

164 mia san ned vo do
mia san vo dahoam
mia san vo dem häusl
wos schnopsbrenna toan

165 drenta da denau
do is hoid aso
do hod jeda schtecka
sei eigenes lo

166 drenta da denau
ia weads es ned glaubm
haums kotzn wia tiga
und schpotzn wia taubm

167 linz is a schtadl
und wean is a schtodt
in linz eßmas bradl
und in wean in solod
und linz is a schtadl
in linz eßmas bradl
und linz is so kloa
do eßmas fleisch mit de boa

mia san in innviatl zhaus 168
mia loßn goa ned aus
schtrick und schtraung reiß ma o
mia loßn ned no

zlinz in da oidn schtodt 169
sitzt an oids weib beim rod
schpinnt lauta oidn droht
fia de gaunz schtodt

auf urfahr bin i gaunga 170
auf urfahr geh i nu
und a bier hob i gsoffm
und a bier sauf i nu

unt bei da deanau 171
wo dföwaschtöck schtend
do hod da oid deixl
den junga darennd
und ea hod eam darennd
und ea hod eam damahd
und ea hod eam des eiwendi
auswendi draht

172 in aussee haums in nochtscheam gschtoin
da hebam dklistiapistoin
mia haums mei mensch davau
schtön gehd scho au

173 strowö is nowö
abersee kloa
und dwoifganger schtingan
vo lauta groß toa

174 in linz is wos neus gscheng
weads is eh scho wissn
hod da könnerin ia pudlhaum
an fuhrmau bissn

175 vo ischl a soiz
und vo soizburg a schmoiz
und a weanerischs mö
is a schpeis meina sö

176 waun oana noch kirchdorf kam
siacht ea nix wia zwetschknbam
is schod daß so weng häusa hod
sunst was a schtodt

in braunau geh i üba dbruck 177
oft geh i wieda zruck
i und mei hoamatlaund
mia gehnd ned vanaund

i schteh auf da bruckn 178
scheiß eini in inn
do schreid da dreck aussa
mit mia gehds dahin

zbraunau samma eigschpead gwen 179
vierazwanzg schtund
und a laus hauma aussa
mit ochtaviazg pfund

im gosauer toi 180
wo da boch aussa rinnt
wean de dumma leid gscheid
und de langsauma gschwind

innviertl roß und droad 181
mühlviertl flachs und gjoad
hausruckviertl obst und schmoiz
traunviertl soiz

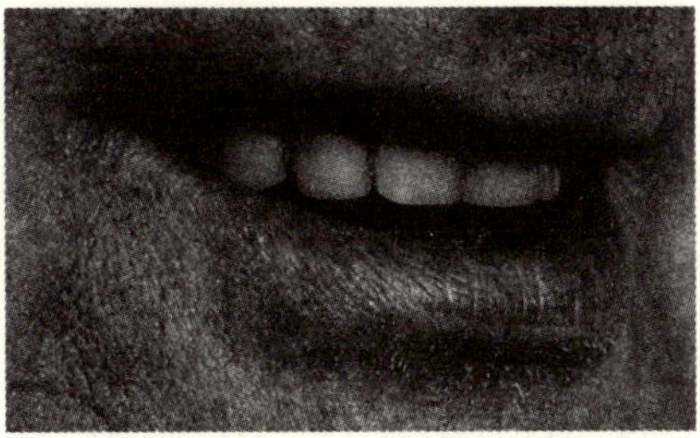

herbert scherhaufer

instrumentenmachermeister
musiker

182 in hümmö haums an schümmö
und dea schümmö scheißt göd
und aso an scheiß schümmö
soid ma haum auf dera wöd

183 waunst in hümmö wüst kemma
muaßt da a schneiztuach mitnehma
wei in hümmö is a schaund
waunst di schneizt mit da haund

184 waunst in hümmö wüst kemma
muaßt da a zeitung mitnehma
wei in hümmö haums sis gean
wauns amoi wos neichs hean

185 waunst in hümmö wüst kemma
muaßt da dfeistling mitnehma
wei in hümmö is koid
wei da schnee obafoid

186 waunst in hümmö wüst kemma
muaßt da dkropfm mitnehma
wei in hümmö is weid
is koa haus weid und breid

waunst in hümmö wüst kemma 187
deafst koa diandl mitnehma
denn do drobm deafs ned sei
tats di nu aso gfrei

da heagott im hümmö 188
muaß söwa locha
wos de leid auf dera wöd
fia schpektackö mocha

i woid i wa in hümmö obm 189
und hed a glasl wein
und mei diandl a danebm
wos kennt scheneres sei

owa heid foan ma aus 190
mit an weißn schümmö
und de lustign leid
kemman olle in hümmö

waun da petrus mei voda wa 191
und da heagott mei ged
in hümmö miaßt i kemma
ob sis glaubts oda ned

192 oh du himmlischa voda
was host denn do dau
wieso host denn aus dem dickn
ned zwoa gmocht davau

193 mitn glück und da hoffnung
des is so a soch
wa da hümmö auf eadn
brauchatn dhäusa koa doch

194 in hümmö is lustig
toan dengal singa
auf da wöd is vü bosheid
do gfreids mi nimma

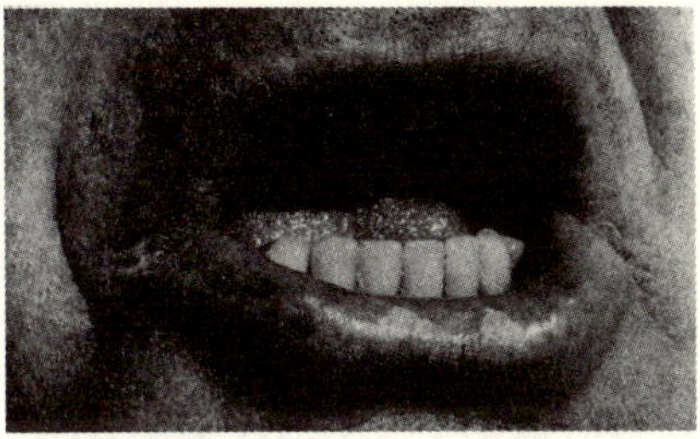

erich falkner

ziehharmonikaspieler

195 i und mei voda
mia haum uns so gean
hiatzt kinnan ma mitanaund
voa dummheid ned schterbm

196 foat in da fria hoam auf dnocht
so hods mei voda gmocht
foat auf dnocht hoam in da fria
so mochans mia

197 mei voda mei muada
woan lustige leid
wia i bin auf dwöd kemma
woas aus mit da freid

198 mei voda is a schpümau
und i a taunza
mei voda is a hoibnoa
und i a gaunza

199 i und mei voda
mei voda und i
i pfeiff auf mein vodan
und ea pfeifft auf mi

i und mei voda 200
mei voda und i
i kenn mein vodan
mei voda kennd mi

mei voda mei muada 201
san kreizbrave leid
haum lauta brave kinda
grod i bin eana gfeid

mei voda mei muada 202
san kreizbrave leid
de flickan ma dhosn
mit eadöpföhäud

mei muada des luada 203
hod dnudln vabrennd
mei voda dea schpitzbua
is ia mitn schtecka nochgrennd

dmuada hod gsogt 204
des busseln mocht fleck
i kimm auf dnocht wieda
und bussl das weg

205 i und mei voda
tan uns oiwei zkriagn
zweng an fortgeh zweng an hoamgeh
zweng an haustia zuaschpean
waun i wieda fortgeh
woaß i wos i tua
nimm i dhaustia am buckl
hiatzt voda schpea zua

206 und daß i so kloa bin
muaß i söwa locha
de leid denen i zkloa bin
soitn mi größa mocha

207 mei voda mei muada
mei schwesta mei bruada
mei gaunze freindschoft
hod mas diandl vaocht

208 dort drobm aufm bergal
do schtehd a hoizkreiz
mit mein bruadan hob i plaudad
owa netta nix gscheids

mein brudan haums eigschpead 209
mei voda is a lump
mei schwesta sitzt im zuchthaus
owa sunst samma gsund

san unsa ocht briada 210
san lauta kloane buam
und ummascheibm loß ma uns
recht ned wia druam

san unsa drei briada 211
haums göd ois vatau
da voda gab üba
mog koana mea drau

mei schwesta schpüd zidan 212
mei bruada klarinett
mei voda schlogt dmuada
des is a quadett

kloa bin i kloa bleib i 213
groß kau i ned wean
hob a winzige muada
drum wox i ned gean

214 i bin jo meina muada
ia oanzigs bravs kind
bei da oabeit sche laungsam
beim essn recht gschwind

215 hobts es scho ghead
mia kriagn heid an schmoan
den loß ma ned koid wean
den essma woam

216 waun dmuada an schmoan mocht
do gfrei i mi drauf
do ziagt si mei mogn
wia a dudelsog auf

217 hansei schtichs gansei
schteck dfedan am huad
frau muada hea voda
de haxal san guad

218 hob i koa göd
hod mei muada oans
hod mei muada koans
vatua i hoid koans

mei voda is a fink 219
mei muada is a zeisal
und des wa a schens paarl
in an voglhäusl

mei voda hod kia 220
ochsn grod oan
waun i ned dahoam bin
hod ea goa koan

mei voda hod gsogt 221
i soi bessa hausen
i soi de kotzn vakaufen
und söwa mausen
hob de kotzn vakauft
bin aussi in roan
i kau jo ned mausen
san dlöcha vü zkloa

in vodan sei häusl 222
is jo a ned gauns laa
wagsnd brenessln in da schtubm drin
wia wauns krewurzn wan

223 in vodan sei bua
hod vom vodan scho gmua
vom vodan scho gmua
hod in vodan sei bua

224 da voda hods haus vakauft
und de kua a
hiatzt gehds üban goasbock hea
halleluja

225 mei voda hod ochsn
mei voda hod kia
mei voda deafad oiwei
und i deafad nia

226 mei voda is a robmvieh
a damischs luada
schteigt auffi aufs doch
soacht oba auf dmuada

227 und mei voda hod gsogt
i soi hoiz einatrogn
hob eam unrecht vaschtaundn
hobs fensta eigschlogn

mei voda dea schpreitza 228
dea sausat mi au
sogt oiwei ea gab üba
hod söm nix mea drau

geh du doikada voda 229
hiatzt host ma grecht gred
kimm i hoid morgn
oda nu länga ned

mei voda is a voglhäuslmau 230
i kenn eams in schaun scho au
i bin sei bua sei bua
vöglfaunga toama gnua

mei voda is im hümmö drobm 231
und i auf da wöd
ea muaß mi vagessn hobm
ea schickt ma koa göd

mei liawa voda 232
mocht an protest
gang söwa gean mentschan
wauna dmuada ned hed

233 mei voda hod gsogt
i soi dmentscha gean haum
i sois nehma beim handal
und pocka beim krogn

234 gauns hoamli und schtü
tuad jeda wos ea wü
in da schtü und dahoam
gehd da voda zua moam

235 am sunda is kirtog
des woaß i gauns gwiß
do frog i mein vodan
wo da gödbeudl is

236 mei voda hod antn
mei muada hod gäns
mei bruada des luada
mecht a scho a mensch

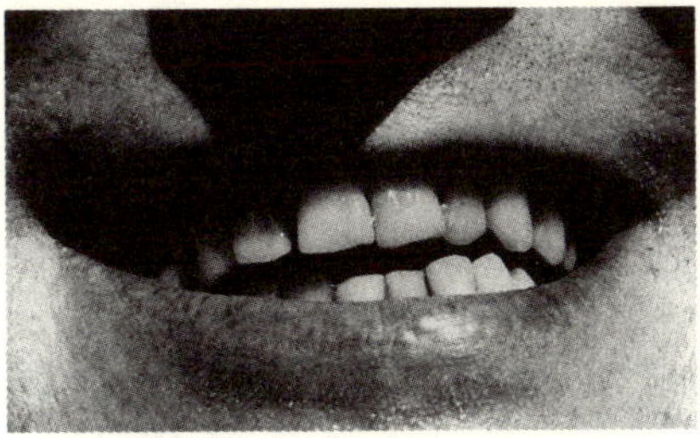

schurl gsenger

oberförster
musikant

237 waunst ma an sakrischn
landla aufschlogst
daun deafst amoi kemma
in an samstog auf dnocht

238 waun i a zithan hea
oda a geign
daun kau i auf oan
fleckö nimma schteh bleim
kau nimma schteh bleim
kau nimma schtü schweign
muaß singa auhebm
soids kostn mei lebm

239 sche san de landlatanz
sche san de oimakranz
drobm aufm huad
wauns sche pflingitzn tuad

240 slandlarisch taunzn
kaun ned a niada
i kauns söwa ned recht
owa meine briada

de erstn drei tanz 241
wüli a nu dazua
solaung i a musi hea
gib i koa rua

schpümau du potza du 242
zwicka du krotza du
jo bist denn du eh
du bist jo eh volla fleh
znaxt haums an so an kuntn
untam kraut amoi gfundn
wia ma dleid oft head redn
jo bist das eh du söm gwen

heid is amoi lustig 243
heid is amoi ra
heid hauma a schütznmoi
und an taunz a

losts eng de schpüleid au 244
wias musizian
i muaß söbm drüba locha
mei herz tuad si rian

245 a schleiniga a schleiniga
a schleiniga muaß sei
wos taunzt den a rotziga
jagasbua drei

246 a landla a gstanzl
is a schena gsaung
mia singan glei nuamoi
es dauad ned laung

247 diandl waunst mausn wüst
muaßt ma wos gebm
wei i bin da mauser hans
und muaß a vo wos lebm

248 waun i zum taunzn geh
tuad ma koa fuaß ned weh
waun i oabeiten muaß
is gauns aus mit mein fuaß

249 slandlarisch taunzn
und sgeh bei da nocht
des hod mi zum deixl
so liadali gmocht

drei tanz kau i taunzn 250
und zwoa kau mei bua
und solaung i a musi hea
gib i koa rua

hiatzt singans a gstanzl 251
da sepp und da franzl
da hias und da lois
und glaubm kaunst ea ois

gstanzl singa 252
des is hoid a freid
des is a schens liadl
und braucht ned vü zeid

lustig und kreizfidö 253
hoam gehma ned so schnö
hoam gehma morgn in da fria
oda goa nia

oba schtaad oba schtaad 254
daß uns ned drahd
hods uns erst gestan drahd
drahds uns heid a

255 ia miaßts meine diandln
beim taunzn sche drahn
wei dahoam bei da oabeid
do schtends so sche schtaad

256 aufm kirchturm zwe schuastabuam
loßts sis geh
loßts sis geh
singan so sche

257 slandlarisch taunzn
des geht sovü sche
boid mochans an hupfa
boid bleibms wieda schteh

258 musikantn es luadasbuam
de gaunze nocht durihuan
in da frua ins kaffeehaus geh
und doabeit bleibt schteh

259 dzithan liegt aufm tisch
schpüds nua glei oimerisch
schpüds nua und singts a glei
lustig muaß sei

zidanschlogn zidanschlogn 260
is a schens gschpü
i hob amoi zidangschlogn
owa ned vü

da oane schpüd zithan 261
da oane schpüd geign
und hiatzt wü ma da hau
bei da hen nimma bleibm

hinta da beng auf da beng 262
diandl waunst wüst toan ma a weng
zidanschlogn bei da nocht
dos is a procht

schpüleid schpüds auf 263
das dsoatn schpringan
scheni diandln sand draußt
das mas einabringan

schpüleid es schwanz 264
gebts ma aussa mei göd
mit engan scheiß fidlbogn
hobts mi betrogn

265 schpüleid schpüds auf
auf da mittlan soatn
sunst kaun i mei traumpötia
ned daloatn

266 schpüleid schpüds auf
ia weads scho wos kriagn
i los eich a hefm voi
eadöpfön sian

267 musikantn schpüds a weng
hobts den koa geign bei eng
nehmts hoid a schwatlingtrum
und hauts a weng um

268 ohne fidlbogn ohne boßgeign
auf da wänd kau ma ned kegelscheibm
koa musi hauma ghobt
haums mitn schpinnradl gmocht

269 waun dlinza singan
toan berg und toi klinga
klingan berg und toi ned
sans dlinza ned

in urfahr draussn 270
do gehds nu lustig zua
do güt nu da haundschlog
beim taunz schewan dschua

in da linza schtodt drin 271
do is jo a freid
do head ma dbuam singa
a dreiviatl schtund weid

und zithan is a musi 272
de wundaboa klingt
de de loamigstn breda
zum taunzn nu bringt

slandlarisch taunzn 273
unds voglschiaßn
des hob i mein diandl
east leana miassn

siemazwoanzg ochtazwoanzg 274
neinazwoanzg dreißg
sdiandl muaß bauchweh haum
weils aso scheißt

275 musikantn schpüds auf
und i wead eng wos zoin
mei voda is gestan
üba an gödhaufm gfoin

276 musikantn schpüds auf
loßts de geigen singa
waun ma heid koa göd haum
weamas morgn bringa

277 waun mia beinaund sitzn
muaß krocha muaß blitzn
muaß a zaumhoidn sei
sunst gehd dlustboakeid ei

278 mia san unsa drei briada
owa sauschneidn kau an iada
dea oane hebt dea oane bindt
dea dritte schneid a weng hint

279 mei schotz is a schpümau
ea blost klarinett
und i kaus ned loßn
weis so schen gehd

drah di na drah di na 280
drah di na um
auf da schottseit do bleib i ned
do scheind jo koa sun

i tua taunzn und singa 281
und sgödl aubringa
bei olle tanzln dabei
wia mas mocht ollewei

mit blosn und trommön 282
und pfeiffa vorau
san ma fort glei so gschwind
ois ma fort kemma kau

mit ana lustign geh i taunzn 283
bei ana schen tua i liegn
oana schiachn tua is hoaßn
san olle drei zfriedn

a hen und a ant 284
und a blechmusikant
a hoizschua a zwe
de musi tuad sche

285 hi aso her aso
toan den ned mea aso
san den grod mia aloa
de aso toan

286 de leid de hods gfreid
daß bei uns so weid föid
und si wissn an dreg
soweid föids bei uns ned

287 a oimerisch gstanzl
und an juchiza drauf
des heitad an jedn
sei gmiad a weng auf

288 landlarisch pinzgerisch
hoisn boids finsta is
hoisn boids finsta wa
das uns neamd sah

289 i hob oft a föd gockad
i hob oft a mohd gmahd
i hob oft a schens diandl
am taunzbodn obm drahd

hopsassa ledafleck 290
meine schua pledan ned
morgn leg i schtiefön au
de pledan schau

und hiatzt hod oana gsunga 291
a junga kerl
und fiaß hoda ghobt
wia pfeiffmreal

oiso buam oiso fein 292
dobelt poschn
waun dlantlabuam kemman
toamas duschn loßn

hiatzt hod oana gsunga 293
jo gauns ohne reim
boid ea nu amoi singt
schneiz ma eam gschwind

boid mia amoi taunzn 294
oft schwingt si da bodn
oft sogt hoid dfrau wirtin
mia san do obm

295 hods oiwei ghoaßn
dvoglhuaberin wiad ghengt
owa weis so sche singa kau
wiad ias lebm gschenkt

296 goa oiwei traurig sei
des tuad koa guad
muaß a amoi lustig sei
mocht a frischs bluad

297 heid kau i ned singa
sunst sing i scho fein
hob vü zu schwa gsoffm
mia foid nix mea ei

298 zwicklschtrumpf bandlschua
hod da kloa lantlabua
hod da groß a scho oa
ned grod da kloa

299 hea auf so zum singa
du schpaunlaunge wurz
waunst obrecha tadst
wast zum auknüpfm zkurz

waun da großvoda de großmuada nahm 300
wa da großvoda a bräutigam
do taunzad und schpringat wea
do gangs lusti hea

dort drobm aufm bergal 301
wo da fink so sche singt
do taunzt a kapuzina
daß dhittn in dheh schpringt

a lustiga bua bin i 302
wia a bleamal am föd
waun dfleischhocka taunzn
kriagn dschpüleid a göd

jetzt schtehd ea do 303
und schaut saudumm drei
ea tad gean oans singa
doch es foid eam nix ei

hiatzt hod oana gsunga 304
dea hod so an komischn gaung
mit oan fuaß tuad ea mahn
mitn aundan heigt ea zaum

305 wos soi i den singa
kau nix aussi bringa
in an kropfatn hois
do vawickelt si ois

306 hiatzt mochts auf hiatzt mochts auf
hiatzt kummt da kerschnschtaub
hinta da ofenbeng
schtaubs scho a weng

307 i hea hiatzt oan singa
dea singt auf da heh
hod in buggl voi leis
und in bauch volla fleh

308 soid i ollewei singa
jo waun is ned kau
und sing is von de hena
oft peckt mi da hau

309 und waun i wead schterbm
so tads mi begrobm
tads lustig trompetna
und dzithan sche schlogn

hias schaschko

postkartenverleger
jägerstüberlerfinder

310 saufm tamma daß a mühradl treibt
göd hauma daß uns übableibt
schneid hauma a fia via
braucht haumas nia

311 lustig is auf da wöd
haum de herrn a koa göd
is via uns a koa schaund
waun ma koans haum
und wei ma koa göd ned haum
kemma auf da gossn zaum
wei do kemman olle zaum
die koa göd haum

312 waun i mein vodan
a keiwö vatring
oft bitt i in schtia
dara dkua wieda schpringt

313 heid sammas rauschig
und morgn ned liacht
und wea woaß wos den aundan tog
a wieda gschiacht

solaung uns des bier nu schmeckt 314
und sgödl a nu gleckt
bleibm ma moring a nu do
frogn nix dano

im bier hoaßts is kroft 315
und im bier hoaßts is geist
im bier schteckt da teifö
sogt oana dens schmeißt

waun koa wirtshaus ned wa 316
und koa könnerin a
was fian beudl a nutzn
und fia dsöligkeid a

i wea eich a poa liadln singa 317
si wean si singa loßn
und wea daun a bier zoid
kau mi tringa loßn

am sunda is kirtog 318
do vasauf i mei göd
schteig auffi in hümmö
schau owa auf dwöd

319 dwöd ghead in heagott
und sdiandl ghead mei
sgöd des gehd drauf
und da rausch dea gehd drei

320 griaß di gott bruada
da hea is mit dia
du bist volla gnodn
ge zoi ma a bier

321 und wos lustig zuaged
do kehrn ma gean ei
drum miassn ma oiwei
in de wirtshäusa sei

322 gsundheid sogn dfuhrleid
hod da wirt an guadn wein
hod da wirt a schene könarin
kehrn dfuhrleid gean ei

323 i und mei rausch
mia lebm auf tausch
boid hod da rausch mi
boid hob in rausch i

wea gehd den do eina 324
bei da gostzimmatia
und es wa ma weid liawa
ea brachtad a bier

mei besta kaumerod 325
is im kölla druntn
hod a hüzerns gwandl
is mit roaf zuabuntn

und sbier und i söwa 326
i söwa und sbier
mia san kaumerodn
de lustign via

brauns bier i kenn di scho 327
host das mein vodan dau
hiatzt dads das mia
leck mi in oasch du brauns bier

lustig san mia 328
und mia trinkan a bier
mia trinkan an wein
oba lustig muaß sei

329 da see is voi wossa
und swossa wiad eis
und das mas göd oiwei zweng wiad
des is nix neichs

330 und a frische hoibe wein
schenk i mein diandl ein
und a fledamausbluad
daß ias hoisn nix tuad

331 weibal sei gscheid
des gschiacht jo grod heid
morgn samma wieda
gauns aundare leid

332 znaxt hob i amoi grauft
mit an kapuzina
i hob eam beim boat dawischd
hiatzt rauft ea nimma

333 gor oiwei lustig sei
und nia biaßn
wauns uns eanta aso
in hümmö liaßn

fia dfleh gibts a puiva 334
fia dschua gibts a wix
fian durscht gibts a wossa
fia dbledheid gibts nix

vo mein lumpm mein pumpm 335
wiad goa so vü gred
reds oiwei vom saufm
vom durscht red ma ned

a frische hoib bier 336
und a semmöbresl
hiatzt drah di na zuawa
mei liabe resl

wea nia koan braundwein trinkt 337
kriagt nia koan rausch
und wea nia oa diandl liabt
kennt si ned aus

swirtshaus is eckad 338
swirtshaus is rund
da wirt is a züpfö
a zaudürra hund

339 und da wirt is so fei
schenkt koan rauschign ei
weis eam söbm oft passiad
das ea a rauschig wiad

340 sbier is so teia
und dsemmö so kloa
oft kaufst da a fleisch
kriagst a lauta boa

341 in boan draußt schteht a wirtshaus
do haums a könarin de hod a füzlaus
kemman dgrenzjaga und suachans haus aus
zwegn da oanzign füzlaus

342 trink nua aus mei bua
daun schpean mas kammal zua
treimma an schpoaß
das da teifö nix woaß

343 waun berg und toi braundwein wa
und da see bier
oft liabad i berg und toi
und koa mensch nia

owa samma nua lustig 344
daweis uns guad gehd
solaung uns a frischa muad
üwase schtehd

znaxt haun i beicht 345
mia foids tringa so leicht
sogt da pfoarra zu mia
mia gehds grod ois wia dia

wea ned schnupft und ned raucht 346
wea ned taunzt und ned sauft
und hod trotzdem koa göd
is a schaund auf da wöd

lustig geduldig 347
und olle leid schuidig
recht redn und fest proin
und koan mentschn wos zoin

waun i mei gödl 348
im wirtshaus vawend
daun brauch i koa schreibpapia
fias testament

349 beim wirt in da großn schtubm
taunzn zwoa bauanbuam
mei gott wia sche wia sche
taunzn de zwe

350 gestan hob i an teifö gseng
an gauns an junga
und an rausch hoda a nu ghobt
de sau hod gschtunga

351 diwehdiwehdiweh
diwehdiabasee
seppal loß sbier ned schteh
wistahahe

352 wos host denn heid gessn
daß di gor aso düascht
beim wirt gsottne schtözn
und fledermauswüascht

353 a lustiga bua
trinkt a moß üban durscht
und a lustiga bua
singt a liadl dazua

und da kriagldeckl gehd auf 354
und da kriagldeckl gehd zua
und i hob hoid mei lebtog
vom kriagldeckl koa rua

sdiandl hod an braundweinrausch 355
und da bua zwe
beim hoamgeh mechtns bussln
kau koana mea schteh

wos is den do drinnan 356
wos schaut den do raus
a kloans tröpfal bier
und des sauf i glei aus

heid san de dfoschingtog 357
heid sauf i wos i mog
heid moch is testament
sgöd gehd zan end

foschingtog foschingtog 358
kemman boid wieda
waun ma heid koa göd haum
wean mas morgn bringa

359 des wossa hod da teifö gmocht
des mocht läus im mogn
drum kau i des wossa
mei lebtog ned vatrogn

360 owa das dbauan bauan san
dos mocht da pfluag
owa das dbauan rauschig san
dos mocht da kruag

361 waun da kirchturm a moßkruag wa
und wa volla bier
oft tringad ma oa moß
und ned drei oda via

362 jo sbier is guad tringa
und da braundwein is siaß
waun ma dschtiefön vasaufm
bleibm uns oiwei nu dfiaß

363 und i bleib do ned hint
und i geh do ned via
waunst das nu amoi sogst
nochhea liegst voa da tia

zwegn oan diandl trauan 364
zwegn oan diandl woan
zwegn oan diandl geh i
vom wirtshaus ned hoam

da weinstock trogt rebm 365
da moßkruag trogt bier
und i trog an rausch hoam
in da frua um hoib via

waun oana an rausch hod 366
und kau nimma recht schteh
do kimmt eam de gaunze wöd
vierfoch recht sche

oan a zwe scheich i ned 367
drei a via a nu ned
fünf a segs miassns sei
daun wiads east fei

da wirtin ztrauschtoa 368
dea hod sis vaschneibt
und da wirt kau hiatzt woatn
bis in schnee wegatreibt

369 gestan hob i oan zwoanzga ghobt
und an guidn a
heid hob i koan kreiza göd
und nu schuidn a

370 treu liabm und sche singa
schnö foan und schwa tringa
resch redn und fest wean
haum de innviertla gean

371 gestan auf dnocht
hob i dladln voigschpeid
is a oide eigaunga
hod mi bissn und gröid

372 wia i des hob ghead
hob i glei aufbegead
hob in wirt oane ghaud
do haum dleid gschaud

373 du tausend schens diandl
a onzige bitt
um an guidn an braundwein
es schticht mi um dmitt

mei weibal tuad schtricka 374
meine kinda toan woan
und i bin kreizfidö
geh vom wirtshaus ned hoam

mia tringan wos gibt 375
mia tringan wos gehd
mia tringan sovü
sovü einigehd

hiatzt hob i nu an zwoanzga 376
dea ghead mei und dei
drah di madl drah di
versoffm muaß ea sei

loßts uns nua viarageh 377
es liegt jo nix drau
jo wei uns auf deara wöd
nix schenian kau

tua ned aso singa 378
tua ned aso proin
tua liaba da könarin
deine schuidn boid zoin

379 hinta da voglhuabatia
hängt an oids oxngschia
schpaun ma dvoglhuaba ei
foan ma um an wein

380 dgams in da wändt dfisch im see
des woaß da pfoarra eh
i und mei rausch im bett
des woaß ea ned

381 do hint bin i fiara
wo dsun so sche scheind
und sbier is ma liawa
ois oi meine freind

382 o du rauschiga bua
loß ma bittschön mei rua
sbier hod an foam
schlofm kaunst heid alloa

383 beim bier do bist schtoak
grod schtoak wia schtia
schia schwoch bist dahoam
na schtoak bist dahoam nia

trink nua aus mei bua 384
daun schpean mas kammal zua
treima an schpoaß
das da teifö nix woaß

solaung uns da braundwein schmeckt 385
und sgödl a nu gleckt
bleibm ma üban tog nu do
frog nix dano

bin a lebfrischa bua 386
owa hiatzt geh i hoam
sbier hod scho griffm
i hob nix mea zum toa

sdiandl hoaßt heidi 387
dkerschn san zeidi
sbier hod an foam
heid gemma ned hoam

i brauch a koa bier 388
i brauch weida koans
und de leid san so guad
und vaschoffm ma oans

389 a frische moß bier
hod an foam an weißn
und heid gemma ned hoam
bis uns aussischmeißn

390 mitn nochban seina kathl
geh i nimma hoam
weils sis oiwei vazöhd
wos ma mitanaund toan

ferdl schuster

gastwirt

391 und i waß ned i hob jo
mit da oabeit koa freid
denn grod mit da oabeit
vasamt ma de zeit

392 waun ma wieda ind oaweit gehn
nemma mas bettstadl mit
sunst hauma koan richtign
oabeitsplotz ned

393 unsa hea nochba
hod dsauschneida gean
hiatzt loßt ea an widda schneidn
und an saubean

394 jeda sautreiba hod a peitschn
jeda fleischhocka hod an hund
jeda kegelscheiba scheibt aussi
is dkugl eckad oda rund

395 an achitekt und an advokat
a minista und a diplomat
und nu a tiaoazt dazua
hiatzt hauma gödsauan gmua

da schandarm hods haus ausgsuacht 396
dea hod si traud
hod da muada ian schtoikidl
fia a gamshaut augschaud

faungts de polizistn ei 397
bindts is auf an buschn
hauds a sackl puiva drauf
loßts sis fest duschn

dreizehn polizistn 398
und viazehn schandarm
san siemazwoanzg lumpm
wauns zaumbundn wan

dreizehn eisenbahna viazehn bettlmauna 399
da krampus und da niglo
san mitanaund noch mariatafal gaunga
is bis heid nu koana do

in eugendorf is a hausknecht draußt 400
dem so voam rindfleisch graust
mog grod hendln und taubm
i wü eams ned glaubm

401 de leid schaun mi oiwei
fia an sauschneida au
und i hob jo mei lebtog
koana sau nu wos tau

402 da wirt zfloriau
hod de wadln vorau
hod de schienboana hint
drum rennt ea so gschwind
und waun oana kimmt
mit de schienboana hint
mit de wadln vorau
is da wirt zfloriau

403 dfrau wirtin is schwaunga
und könarin dick
unds kuchlmensch in da hoffnung
de leid haum a glück

404 de könarin vo timmökaum
de hod a schneid
de hod a schens gamsgebirg
des daschteigad i leicht

da wirt und dfrau wirtin 405
san a nimma oans
da wirt hod a zipfal
und dwirtin hod koans

de wirtin von da grean au 406
hod hoa aufm bau
da wirt hods ned kennt
hods an petersü gnennt

owa könarin owa könarin 407
schiaß nua recht um
und dahoam taunzn dmäus
in da briaftoschn um

wos tad den da wirt 408
waun dmentscha ned wan
ea miaßat sein bodn
mit an schtoa niedaschwan

da pforra vo tunis 409
den hundling vagun is
daß ea nimma so kau
wia da junge kaplau

410 und de sakrischen bräua
gebm sbier hiatzt so teia
gebm koan hopfm dazua
wa um dhöfte zoid gnua

411 de köchinnen bringan
de gäns so gean um
denn de große vawaundtschoft
de wa eana zdumm

412 drei öpfö via zwetschkn
de gebm a guads muas
und da maura gehd aufs häusl
a waun ea ned muaß

413 lustig san dmauragsön
wauns in dreg auffischnön
waun da dreg pickn bleibt
do haums a freid

414 dmaura und hungaleida
san ollezwoa wiad füx
im summa haums wos zum fressn
im winter haums nix

beim fischn is des scho ra 415
hauma ned zvü trogn ma ned zschwa
kriagn ma owa goa nia koan
gemma alloa hoam

da fischa hod gfischd ban boch 416
hin und hea auf und o
hod a schlechts keda drau
beißt koana au

fischa seids lustig 417
loßts de bierkriagln knoin
wems wossa üban kopf rinnt
dea muaß uns ois zoin

lustig mia hoiza 418
mia schoatnreissa
mia fiachtn koan eini
koan außischmeissa

mei voda is a hoizknecht 419
und gehd in woid
mia hockan unsre bam
sans jung oda oid

420 mei bua is a hoizknecht
a schoatnpecka
und dea is ma scho liaba
wia tintnlecka

421 da hoizknecht im woid
hod an schtaund an letzn
boid eam doabeit zvü wiad
tuad ea hocka wetzn

422 dzimmaleid san guade leid
des muaß ma sogn
si kennan an rundn bam
viaeckad schlogn

423 a lickal a lickal
a lickal muaß hobm
wo hed denn da zimmamau
snagal eigschlogn

424 zimmaleid san guade leid
waun ma eana zum essn schreid
waun mas um doabeit frogt
sans gauns vazogt

dzimmerleid sand brave leid 425
de maura san bessa
dzimmerleid baun häusa auf
dmaura baun schlössa

wo is den da zimmamau 426
das a ned kimmt
dea sitzt auf da hoazlbeng
und mocht a kloans kind

heid auf dnocht morgn auf dnocht 427
kriagn ma koa rua
kummt da oid haummaschmied
mit seine buam

i bin da buckl simmal 428
kimm hea vo da bucklmühl
kau mi hibuckn kau mi heabuckn
kau mi buckn wia i wü

in da nocht hob is bempan ghead 429
bempan beim schmied
waun ea wiederamoi bempad
oft bempad i mit

430 dort drobm aufm bergal
do bockan zwoa schmied
da oane bockt kropfm
da aundre frißt mit

431 knedln san fian hunga
fian durscht is da brunn
und da mondschein zum geanhaum
zu da oabeit de sun

432 i bin a fleischhocka
muaß leib und lebm wogn
da ox hod mi gschtessn
und dkua hod mi gschlogn

433 i bin a fleischhocka
treib auffa vo enns
hob a kaibl vatauscht
um a kreizsaubas mensch

434 de metzga vo eberschwaung
haum an eigenen brauch
das doxn ned kopfweh kriagn
schlong sis am bauch

sdiandl is wocka 435
si liabt an fleischhocka
und si bleibt eam a treu
bei da fleischhockarei

mei schotz is a metzga 436
i siach eam vo fean
und i trau ma ned zuwi
mecht ned augschtocha wean

i bin hoid a fleischhocka 437
a lustigs biaschl
a kloa vadrahds mandl
wia a lebawürschtl

i bin a fleischhocka 438
treib umma ums eck
und mei lustiga hund
hod mas diandl aufgweckt

sdiandl is wocka 439
si liabt an fleischhocka
vo mia aus is recht
bin a fleischhockaknecht

440 es bauanbuam es lausbuam
hobts kröpf wia de krautruam
um an jeds diandl schod
des an bauanbuam hod

441 owa da bruck unta da bruck
hod da bau dbäurin buckt
ea hod glocht sie hod glocht
oft haums in franzl gmocht

442 da baua und dbäurin
toan knedl tretn
und da hau in da schteign
hod a hen datretn

443 wos braucht den da baua
a fedan am huad
fia an schtoaoidn baua
is a pudlhaum gnua

444 da baua is a schpitzbua
waun a scheißt druckt ea daugn zua
waun ea ausgschissn hod
schaut ea wieda schnuagrod

da baua hod auffagschrian 445
ea brauchad leid
wea wiad den do owi geh
is jo vü zweid

da baua sauft skaibl aus 446
und dbäurin de kua
in nochban sei lampö
wa a scho oid gnua

de bauan san lustig 447
voraus im summa
do schreid da gödbeidl
voa lauta hunga

guad daß i koa baua bin 448
wiad ma koa roß ned hi
schteßt mi koa ox mitn hoan
kriag i koan zoan

mei voda is a großbaua 449
drobm auf da heh
hod drei ruam aubaut
und an schtaum klee

450 hinta da schtodlwaund
do riad si ollahaund
da knecht und de dian
toan multiplizian

451 hiatzt hod hoid da baua
seine oxn vakauft
wegn da not is ned gscheng
owa sgöd hod da braucht

452 dos troad is scho gschnidn
und de föda san lea
es singt jo koa lerchal
in olla frua mea

453 da schneida reit auf da goas
de goas mocht an pfis
und da schneida hebt in schtuzl in dheh
und schaud wiavüs is

454 da schneida sitzt auf da goas
de goas mocht an schprung
und da schneida dea schreid
de goas bringt mi um

da schneida und dlaus 455
de mochan sis aus
wa da floh ned zuawagschprunga
hed de laus in schneida bezwunga

neinaneinzg schneida 456
haum neinaneinzg pfund
und wauns ned so vü haum
oft sans ned recht gsund

de goas hod in schneida 457
ind locka gschmissn
und do hod dea oame teifö
ind hosn gschissn

drei schuasta drei schneida 458
drei weißgerbagsön
die haum olle neune
in an schtrumpf eini wön

hod da boat hörna auf 459
sitzen zwoa schneida drauf
schneida meck meck
da boat is scho weg

460 wos is um an schneida
ea kimmt nimma hea
is da zwirn eam ausgaunga
des is a malea

461 de schneida und dmüllna
de schtön wia de beck
da müllna schüds mö
und da schneida de fleck

462 mei schotz is a maura
hod an hauma und a kön
und zu mia is ea kema
hod auwerfm wön

463 mei schotz is a maura
a maurapotzn
ea muaß si sei göd
aus da maua krotzn

464 mei schotz is a maura
ea mauert auf dheh
mia toan meine augn
vom auffischaun weh

mei schotz is a schleiffa 465
ea liabt recht in wein
ea schleift ma a bechal
und i schenk eam ei

mei schotz is a binda 466
und des muaß ea sei
ea mocht ma a fassl
und füd mas mit wein

mei schotz is a binda 467
a wundaschens kind
dea bindt ma a fassl
des goa nimma rinnd

mei schotz is a müllna 468
is oiwei voi kleim
hod a kuglrunds gsicht
drum kau in guad leidn

mei schotz is a müllna 469
ea mocht a schens mö
ea hod schpanlaunge finga
is schod um sei sö

470 mei schatz is a müllna
tuad in gaunzn tog moin
und hiatzt is ma dea toipatsch
in mütrog einigfoin

471 a schneeweißa fetzn
dea hod mi vablend
sunst hed i mei lebtog
aun koan müllna ned denkt

472 und i hob das scho gsogt
und du host mas ned glaubt
waun dmüllnasbuam taunzn
das mö ummaschtaubt

473 mei weib is a milliweib
und i bin ia mau
mia pritschln de milli
mit wossa oft au

474 und da becka mocht weckn
und da sottla de schnoin
und de gmeind de mocht schuidn
und mia kennans zoin

owa schuasta pick pick 475
drei nodeln via schpitz
drei kotzn und via mäus
is in schuasta sei schpeis

wüst an koibrenna liabm 476
muaßt a soafm eischiam
muaßtn drei wocha zwoagn
waunst eam weissa wüst haum

hinta mein vodan sein haus 477
klopfm zwoa hoban aus
gwesen sans bäckersleid
zuagschlogn haums gscheid

mei schotz is a weba 478
a webamandl
ea hod si vaknüpöd
in mei schürznbandl

mei schotz is a beck 479
hod an weißn viafleck
und zum angedenken
loßt ean obihängen

480 da pfoarra wü dtauf
da richta de schtrof
und da jaga wüs schußgöd
fia de hö nocht

481 guadn morgn hea pfoarra
wos mocht da kaplau
dea liegt auf da kechin
und grad wia a hau

482 da glaube mocht sölig
da haring mocht durscht
da pfoarra de predigt
da metzga de wuascht

483 unsa hea pfoarra
is mit olle soim gweicht
oba neili beim koatenschpü
do hods ned greicht

484 da pfoarra vo grinzing
dea hod an kloanwinzing
an kloanwinzing huad
oba dea schtehd eam guad

da pfoarra zsaunkt peda 485
tuad weri schpinna
hiatzt gibt eam sei kechin
koa weri nimma

da pfoarra hod dkechin gean 486
si hoid eam a in ean
dominus wo bis kum
wauns goa is is dnocht um

unsa hea pfoarra 487
is a heiliga mau
weil ea aus an diandl
a weib mocha kau

da pfoarra vo sankt peda 488
boid läut ea boid schtehd ea
boid loand ea si au
bei da kechin vorau

da pfoarra liabt dkechin 489
da meßna de dian
dministrantn de schpitzbuam
woins a scho probian

490 unsa pfoarra hods gsogt
und da kaplau dea hods gschriebm
mit ana mogan is guad taunzn
bei ana dickn guad liegn

491 zu ischl im bad
tuad unsa heagott a gnod
und da junge kaplau
schtöd a dort sein mau

492 trallala
singt da kapuzina
mia haum a schene mentscha
im klosta drinna

493 da pfoarra vo sizilien
maust gaunze familien
und bei mia was gauns aus
boid i an aundane maus

494 da pfoarra hod predigt
dabei hod ea gwoand
um de liaderlichn leid
is scho aus hod ea gmoand

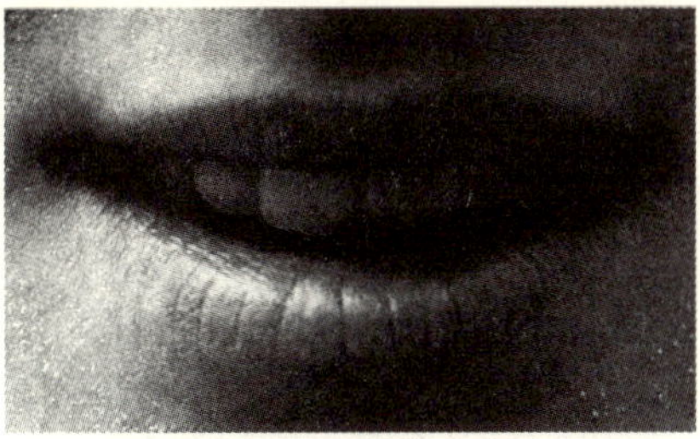

klaus mayr

jäger
musikant

495 lustig is de jagarei
do is a jeda schütz dabei
oba triaft oda ned
vo dem is hiatzt goa koa red
hauptsoch is de schiassarei
do wiad ned gschpoad mitn blei
nua waun sich da maun
richtig auspuivan kaun

496 grauft haumas wüdbrad gschtoin
mentscha gliabt auf da oim
gams gjagad im gebirg
ois is probiad

497 drobm auf da heh
schtehd a gams mit drei haxn
und unt bei da wändt
loand nu oana hibei

498 hosd des scho amoi ghead
das da wüdschütz hod gread
owa djaga ollemoi
waumas gjogd haum no toi

de jaga sand gauna 499
san wüdpratschinta
eane weiba schaunt aus
wia dreh in winta

sein tua i a wüdbratschütz 500
haum tua i a guade bix
tuschn tuads a ned hö
zaum reißt sis schnö

jetzt kemman de jaga 501
mit de nockatn knia
haum a bix und an rausch
oba troffm haums nia

znaxt haums gjogd amoi 502
drin im laakirchnatoi
do gibts vü beck und goas
wos a jeda jaga woaß
an bock hedns gschossn jo
wauna ned davaugrennd wa
wei drehbeck san gschwind
do bleibt da jaga gean hint

503 drobm auf da heh
schtehd a gams schtehd a reh
schtehd a jaga dabei
leckts mi in oasch olle drei

504 hiatzt is ma da wind
mitn jaga davau
ea kau ned weid sei
hängt dbixn nu drau

505 sunst gfreid mi nix
ois wia mei greana huad
boid is a voi fedan
boid is a voi bluad

506 iwa und iwa
gengan dscheißhäusln iwa
bis zum jaga in toi
rinnt da gledaling oi

507 is koa haus ohne schüd
is koa woid ohne wüd
is koa jaga ohne schred
dea des schiassn vaschtehd

lustig san djaga 508
schiassn oiwei auf dscheibm
kinnan dmittn ned treffm
toan ollewei feun

wos hod ea denn gschossn 509
a gams und a reh
wos hod ea denn troffm
dort drobm auf da heh

hod mi nix aso gfreid 510
ois mei puiva mei blei
und mei puivaheandl
und mei saubas diandl

a gams hob i gschossn 511
im kaisagoatn
diandl waunst wüst
mogst auf dleban woatn

a gams in da wändt 512
und a punkt auf da scheibm
und a schotz auf da oim
is mei toa und mei treim

513 dschantinga und djaga
des san meine schwaga
und dgrenza meine ged
drum meng mi dleid ned

514 da fux dea is pfiffi
da jaga is schlau
do nemans de zwoa
mitanaunda genau

515 a reh hod zwoa gwichtl
a jaga zwoa hund
mei schotz hod a gsichtl
wia a semmö so rund

516 i schiaß ma koa hirschal
i schiaß ma koa reh
i schiaß ma mei resal
und tua ia ned weh

517 boid dgams amoi pfeifft
oft schwingt si da boat
und es hüft da koa schleicha
si haum di scho erwoat

de gamsal san braun 518
muaß da jaga drauf schaun
gehd da jaga drauf zua
wia zum diandl da bua

owa trallalafix 519
waun i feu triff i nix
waun i feu gschossn hau
wen gehds den wos au

a lebfrischa schütz 520
schteigt gean auffi ind wändt
und in diandl ia bix
nimmt ea a oft ind händ

mei schotz is a jaga 521
a lustiga bua
und i bin sei diandl
taug netta dazua

mei schotz is a jaga 522
ea schiaßt auf a taubm
de rote wangal hod
und schwoaze augn

523 waunst a jaga wüst sei
muaßt das schiassn kinna
wei in diandl ian bett
is koa wüdprat vaschteckt

524 in herbst wauns schneibt
haum dgams a schens hoa
bei da heh is weiß
und unt is schwoaz

525 kau mas den glaubm
daß a gams gressa is
a gams oda a taubm
kau mas den glaubm

526 da neubocha jaga
schreid seppal lauf lauf
dawei schpringt da wüdschütz
übas wantl hinauf
da jaga nimmt dbix in dhänd
schiaßt üba dfösenwändt
nimmt eam da wind in huad
juche des is guad

da huad is vom huadara 527
dfedan vom hau
und da buschn vom diandl
wem gehds den wos au

und waun ma koan fux 528
und koan hosn dafrogn
daun pirsch ma aufs diandl
is a koa schlechts jogn

a gams hob i gschossn 529
drobm in da wändt
hod mis hoamtrogn vadrossn
hobs an jagasbuam gschenkt

waunst a jaga wüst sei 530
schteck das fedal am huad
und pass da recht auf
daß das neamd owa tuad

a gams hob i hupfm gseng 531
djaga san a danebm
sbixal is a dabei
kreizsackaradei

532 i bin a frischa jaga
geh aussi in woid
i schiaß zaum wos mi gfreid
und tua liabm wos ma gfoid

533 und a bixal zum schiassn
a puiva a blei
und a bissl a schneid
haum de jaga ollewei

534 wos tuad den da jaga
draussn im woid
wos wiad a den toa
auf a gams paßt ea hoid

535 an hosn hob i gschossn
und an zodatn bock
mei weib kriagt an kidl
und i kriag an rock

536 sgamsal is gschossn
hod trogbanta drau
und i scheiß aufm jaga
boid i dgams amoi hau

de gams in da wändt 537
hod an oaseitatn schtaund
hod kruckan in hian
wia in första sei dian

dort drobm aufm berg 538
do fressn zwoa reh
loßts sis do fressn
da hunga tuad weh

da gamsbock is pfiffig 539
da jaga is schlau
boid i weit dauna kimm
bin i a de söwe sau

a diandl zum liabm 540
und an hund zum jogn
und a bixal zum schiassn
muaß a jagasbua ḥobm

da hirsch in woid und dfisch in see 541
des woaß a jeda eh
des woaß a jeda ned
waun i bei mein diandl lieg

542 und i mecht hoid a jaga sei
des foid ma scho ei
denn a jaga braucht nix
ois a mensch und a bix

543 sgamsal am berg
tuad an schuß ned scheichn
und mei diandl im bett
tuad a nix dagleichn

544 mei schotz is a jaga
a bua a junga
boid is ea auf und auf grea
wiad bam in summa

545 vom gamsal de kruckan
vom hirschn des gwei
vom schpühau de fedan
vom diandl de treu

546 ob i di gean hob
kau i ned sogn
frog nochhea waun dreh
amoi gamskricklan trogn

sfuxpassn mog i ned 547
is ma weid zkoid
paß liawa auf dfüxin
hod a an schen boig

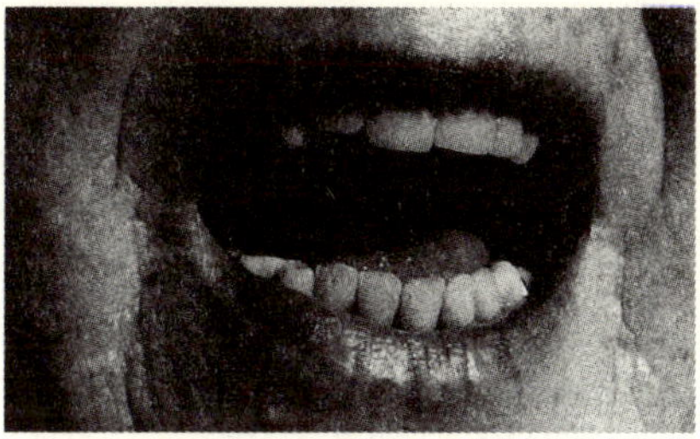

pauline falkner

gitarristin
sängerin

548 i liab di so fest
wia da bam seine äst
wia da hümmö de schtean
so hob i di gean

549 herzliabstes zuckaweib
di liab i ollewei
di liab i ollezeid
du bist mei freid

550 dia hob i vaschprocha
mei herz und mei lebm
und tua dia des ringal
ois audenga gebm

551 treu bin i treu bleib i
treu hob i im sinn
treu bleib i mein schotzal
dahoam und in wien

552 de oid liab de rost ned
is oiwei de best
de neu liab de woglt
schtehd nu ned fest

du liegst ma im herzn 553
du liegst ma im sinn
du kaunst mas ned glaubm
wia guad daß i bin

bussl gebm bussl gebm 554
is de best kost
des is ma weid liaba
wias gsöchte mit most

a bussl auf dschtirn 555
a bussl auf dhaund
a bussl aufm mund
bringt mi duachanaund

und a schalal kaffee 556
hebts herzal ind heh
und a bussal dazua
des is guad in da frua

a bussl is a frog 557
kau dantwort a sei
is a sötene schproch
findt si glei oane drei

558 und i wea di scho liabm
boid de zaunschteckan blian
boid dtraun aufwärtsrinnt
nochhea liab i di gschwind

559 i deng hi i deng hea
i deng kreiz i deng quea
i deng oiwei auns diandl
sunst deng i nix mea

560 nix hod mi mehra gfreid
wia dei aufrichtigkeit
dei zuckafeins redn
und dei busslheagebm

561 waun dsun und mond untagehd
koa schtean am hümmö schtehd
unds wossa aufwärts rinnt
liab i di gschwind

562 sogst oiwei du liabst mi
oba gliabt host mi nia
is scho zwoa in da nocht
hiatzt was nimma zfria

daß im woid finsta is 563
dos mochan dbam
daß mias diandl untreu is
dos glaub i kam

lustig is gwesn 564
wiast gwesn bist mein
und hedst du di treu ghoidn
kennts heid nu so sei

du bist a foischs biabal 565
dia kenn is scho au
du liabst mea ois oa diandl
wos host denn davau

sauakraut und budamüch 566
hod mi vo dia triebm
hedst ma öfta knedln gmocht
wa i da bliebm

und ohne ia kau i 567
goa nia glücklich sei
drum scheind ma koa sun
drum leucht ma koa schtean

568 und a liab ohne freid
is a wogn ohne rod
is a bam ohne blott
is a büd ohne gnod

569 und gö diandl gö
wia foisch is de wöd
i habs scho erfoan
daßd ma untreu bist woan

570 is koa bam ohne äst
is koa mühl ohne schtaub
is koa berg ohne schtoa
i bleib ned alloa

571 zwoa schwoazweiße täubal
fliagn übas toi
mogst mi liabm oda ned
du host freie woi

572 oiwei nua hoib und hoib
gauns oda ned
liabm muaßt mi aufrichtig
oda goa ned

dort unt in da wies 573
toan zwoa liawi scherzn
wo koa eifasucht is
gehd koa liab vom herzn

mei herz tuad ma weh 574
ob i geh oda schteh
ob i sitz oda loa
is mei herz wia a schtoa

ocht tog hod a wocha 575
zwöf monat a joa
kaum hod dliab augfaungt
is scho wieda goa

soi i ned traurig sei 576
soi i ned woan
a jeds diandl hod an buam
und i hob koan

jo jo und na na 577
und i mog und i muaß
und des is oft da gaunze
valiabte diskuas

578 zwoa fischal im weiha
zwoa antn im see
de liab de geht unta
und nimma ind heh

579 wüs nu amoi vasuachn
wüs nu amoi frogn
wü nu amoi mei herzal
hi zu dia trogn

580 host mi druckt bei da haund
host ma zoagt weid ins laund
host dei köpfal aun mi gloand
und recht bitterlich gwoand

581 dliab bist ma schuidig
geh moch da nix draus
du zoist mas mit bussln
hoid zizalweis aus

582 dort drobm aufm bergal
is a schens madl drobm
sie liabt nua mei herzal
fia des muaß mas lobm

sdiandl hod ma vaschprocha 583
ia liab und ia treu
und drum leid i koan aundan
schmaroza dabei

und daß i mit mein diandl 584
koa freid neama hau
des hod ma a oanziga
bauanbua tau

i gib nix auf dschönheid 585
die vagehd mit da zeit
mia is woi weid liaba
de aufrichtigkeit

geh hintan woid fiara 586
heas laubat rauschn
do toan zwoa mitanaunda
herzal tauschn
des mei is voi süba
des dei is voi goid
de aufrichtigkeit
hod da teifö scho ghoid

587 i hob di treu gliabt
und du host mi vaocht
mit da zeit liaba schotz
wiads da a aso gmocht

588 i woid di scho liabm
oba sogn tua is ned
wauns dleid amoi wissn
daun mog i di ned

589 pfiat di gott du schens schatzal
valoß di auf mi
waun i koa schenere find
kumm i wieda zu dia

590 da schurl hod a liabschoft
auf amoi is goa
des drucktn so nieda
ois legat ea oa

591 hiatzt is ois gauns aundas
hiatzt bin i alloa
sitz drin in mein häusl
und jamma und woa

i hob mas scho eibüd 592
i hob mas scho denkt
waun dliab aso grausaum is
hods boid wieda an end

a liab muaß ma hobm 593
a liab muaß ma gebm
waun ma koa liab hod
vadriassad mis lebm

i mecht goa ned tauschn 594
i koid grod des mei
wiad glei oans nochkemma
wiad nu foischa sei

i und mei schotz 595
haum abschied gnumma
und do san uns de augn
voi wossa grunna
de augn voi wossa
de liabschoft ziagts zaum
i und mei schotzal
kemman nimmamea zaum

596 warum denn so trauri
warum denn betriabt
i siach das scho au
bist in an aundan valiabt

597 sdiandl is neama mei
i kau neama lustig sei
sie tuad an aundan liabm
i woaß neama zkriagn

598 redst oiwei vom scheidn
a scheit is a hoiz
so hoid di nua zuawa
und sei ned so schtoiz

599 und dliab is in brunn gfoin
und bricht si dort sgnack
drum gehd hiatzt mei herz um
in an pechschwoazn frack

600 shaus reiß i nieda
de kia schlog i o
smensch mog i nimma
mitn schtrig moch is goa

muaß diandl valossn 601
is a ned mei freid
wegn de leitn eanan mundwerk
und wengan neid

sfischal im wossa 602
und dantn im see
hiatzt toan ma de augn
vom auschaun scho weh
daugn vom auschaun
dfiaß vom schteh
pfiat di gott schotz
i muaß a wieda geh

und waunst mi ned mogst 603
so sog mas na gwis
i schpring in an brunn
wo koa wossa drin is

sfischal im wossa 604
und dantn im see
und schatzal valossn
tuad jämmerlich weh

605 in urfahr tuads schauan
und in linz gehd da wind
und sdiandl tuad trauan
weil i nimma kimm

606 und sdiandl valossn
tuad sakrisch weh
schwimman däugal im wossa
wiad fischlan im see

607 du tausend schens diandl
du host ma gfoin
i loß di aufm häuslbodn
glei auffimoin

608 mei herz und dei herz
san fest vabundn
dea schlissl zum aufschpean
wird nimma gfundn
dea schlissl zum aufschpean
dea schwimmt aufm see
ea is untagaunga
kummt nimma ind heh

sdiandl hod ma dliab aufgsogt 609
draussn im woid
oft hods a schneewerl gschniebm
seithea is koid

auf zehntausend schtroßn 610
koa kroft de uns treibt
wost liab host muaßt lossn
wos weh tuad des bleibt

waun si oana dhoa vabrennd 611
schneidns umadum
waun si oana sherz vabrennd
schead si koana drum

und i wünsch dia vü glück 612
und es soi da guad geh
fia de zeit wosd mi gliabt host
bedaunk i mi sche
bedaunk mi gor sche
fia de liab fia de treu
fia dfoischheid hoid a
desd ghobt host dabei

613 de schtiagn de i gschtign bin
de schteig i nimma
und den schotz den i gliabt hob
den liab i nimma

614 wos is mit mein diandl
daß aso woand
i wia jo nu gscheida
hobs ned aso gmoand

615 und du deafst jo ned woan
deafst ned aso toan
du bist a schens madal
kriagst glei wieda oan

616 du tausend schens diandl
vo mia host an fried
wegn meina mogst hi wost wüst
i brauch di ned

617 und o du mei du
du bist neama mei du
is a aundra mei du
is ma liaba ois du

da weg is ma zweid 618
und i hob ned vü zeid
meine schua de san heu
und i rutsch ollewei
da weg is ma zweid
und da woid is ma zdick
pfiat di gott mei liabs diandl
i wünsch da vü glück

de kerschn san zeidi 619
dkerschn san rot
mein madl bleib i treu
in lebm und im tod

boid druckt mi mei schtiefö 620
boid druckt mi mei schua
boid druckt mi mei herzal
waun i zruckdenga tua

solaung solaung 621
hob is mei diandl ned gseng
solaung solaung
hob is ned gseng

622 grosgrea is dhollaschtaun
schneeweiß is dblia
diandl i hed di gean
wia is den dia

623 buama gehds taunzn
sonst fressn eich dwaunzn
sonst fressn eich dfleh
oda woids wieda geh

624 dreizehn diandln tua i liabm
olle in an krauns
waun oane da teifö hoid
sdutzend bleibt gauns

625 bist mei schotz gwesn
kaunst das nu amoi wean
a aubrennda schtecka
brennd oizeit nu gean

626 owa buama seids lustig
tads neama trauan
da teifö is gschtorim
toama dhö vamauan

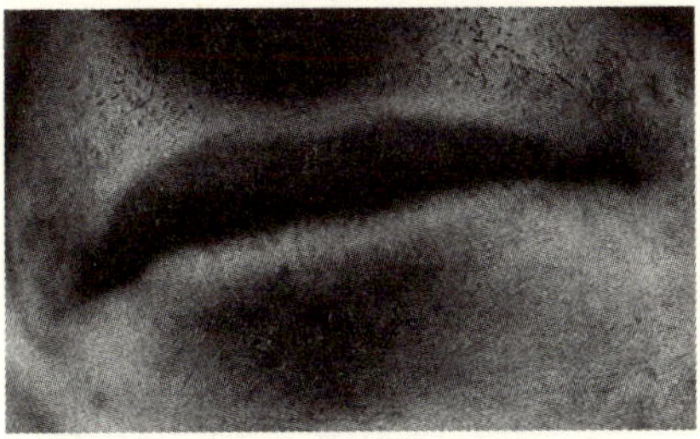

markus binder

musiker

627 buama schtehds zaum in kroas
i sog eng wos i woaß
zinds eng a pfeiffal au
weas raucka kau

628 i bin a jungs biaschal
schlog ois gring in wind
gehds ma guad is ma recht
gehds ma schlecht is oa ding

629 und a lustiga bua
braucht oft a poa schua
und a trauriga noa
ged laung mit an poa

630 i bin hoid a lebfrischa
lustiga bua
hob fünf a sechs mentscha
und gib nu koa rua

631 drei radi drei ruam
und drei innviertla buam
des gab hoid a rass
daß da teifö ned frass

rundumadum 632
toan mas beigö bocha
und an jeds diandl kaun mas
koa freid ned mocha

gestan auf dnocht 633
hod da bua locha miassn
hoda glaubt es kummts diandl
dawei woas dkotz beim fiassn

boid is mein huad aufsetz 634
is mei haupt deckt
scho boid is an schnackla tua
is mei schotz gweckt

geh du liadalichs biabal 635
geh tua di bekean
aus an liadalichn biabal
kau a nu wos wean

mei herzal is frisch 636
wias brunnwossa is
legs aussa am tisch
ob deins a aso is

637 so sche ois wia du bist
bin i hoid a
weiß und rot bist du ned
schwoaz bin i a

638 lustige buam samma
koan kreiza hauma
a diandl toama liabm
boid ma oans kriagn

639 sdiandl beim boch
schreid ma ollewei noch
schreid ma ollewei zua
sei nua lustig mei bua

640 oh du liaba augustin
sgöd is goa smensch is hin
oh du liaba augustin
olles is hin
mia tan jo do vom göd nix sogn
kunnt ma a smensch nu hobm
oh du liaba augustin
olles is hin

üba dwies gehd koa weg 641
üban boch a koa schteg
geh i hoid nebm an boch
mein diandl noch

das i nia zaumgfoin bin 642
do daunk i gott
owa gstoipad bi i nu öfta
üban segstn gebot

juche bei da zidan 643
juche bei da geign
juche bei mein diandl
waun is auffi deaf schteign

bin i dei kaumerod 644
bist du a da meine
waunst du mei diandl liabst
liab i a de deine

mentschan bin i gaunga 645
drei gaunze wocha
und de letzten drei tog
samma dhoizschua brocha

646 leg di ned so weid auffa
gib bessa an fried
sonst kriagn ma a wuzal
wos toamma damit

647 und i hob mi zum diandl
so eng zuwi glegt
das dfleh in da mittn
haums jamman aughebt

648 da schüdhau im woid
hod an schwoaf an krumpen
hiatzt faungt ma mei diandl au
ummazlumpen

649 du blauaugats diandl
i hob di so gean
i kunnt wegn deine augn
a augnglasl wean

650 daß busslgebm haarig mocht
is jo ned woa
sunst hed jo mei diandl
sgsicht volla hoa

samma na lustig 651
dawei ma san jung
und a oida bock mocht jo
oft a nu an schprung

des diandl hod äugal 652
wia da hümmö so blau
drum is a koa wunda
waun i mi vaschau

vo oan tog aufm aundan 653
dauats viarazwanzg schtund
waun i mei diandl siach
bin i scho gsund

und de diandln de schtoiz san 654
de kriagn mi ned trau
a gscheida schaut gleichwoi
a gschpreitzde ned au

schimpfts ned üba dweibaleid 655
des schtehd eng ned au
waun ma kane weiba hedn
wan ma ned au

656 koa sauas kraut mog i ned
lauta siaß ruam
es sats weng de mentscha do
göds meine buam

657 lustig is buamalebm
waun mas betrocht
um oans oda zwoa
gemma hoam bei da nocht

658 sche grea is da klee
wauna aufwogst ind heh
goidfrisch is mei bluad
waun mas aufmuntan tuad

659 geh durin woid aussi
schaus innviertl au
oft kenn is mei diandl
in juchizn scho

660 lusti bua lusti bua
heid is da tog dazua
kummt boid a zeit
wos uns nimma so gfreid

lustig in ehrn 661
hod a jeda recht gean
und de traurign leid
haum a so nia a freid

lustig und kreizfidö 662
und a gschmos gmiad
so miassad mei diandl sei
waun i oans hiat

bin a lebfrischa bua 663
schteh alloa auf da wöd
aun da schneid föds ma nia
owa am göd

hiatzt soi i via diandln liabm 664
oi via sans liab
und wia soi i den toa
das i alle via kriag
oana wink i mit de augn
und oane tritt i mitn fuaß
oana deut i mitn finga
und oana schick i an gruaß

665 beim see bin i fischa
beim laund bin i schütz
hiatzt wa i gean voglfrei
sunst wü i nix

666 oft ziag i mein rock aus
und häng man voas gsicht
und hob ma glei denkt
aso kennst mi ned

667 da schorsch hod a mensch
owa ned sche
und hiatzt muaß ea mitn hodamau
hodantrogn geh

668 i und mei schotz
haum a rechte freid
wiad uns sbett nia zeng
wiad uns oiwei nua zweid

669 bua loß da wechseln
oft kriagst a kloans göd
schteig auffi aufs diandl
oft siagst de nei wöd

wos kloa is is herzig 670
des haun i eafoan
drum habts mi a ned
das i bin gressa ned woan

lustig is bua sei 671
mit herrn tausch i koan
waun mis diandl ned gfreid
schteh i auf und geh hoam

auffi und obi 672
und wieda davau
des hob i mein diandl
scho dutzend moi tau

lustig ban leutn 673
und trauan alloa
dea bua der koa diandl hod
muaß aso toa

auf und auf no da traun 674
bleagetzn dschtoa
und koa oanziga gasslbua
kau ma wos toa

675 diandl wia is den dia
is mia aso wia dia
is dia aso wia mia
oda is nix mit dia

676 bei mein diandl ian fensta
wagsn schene rosn
bin oft a schtund gaunga
in da untahosn

677 a landlarisch gwaund
und an recht an schen huad
mit da könarin taunzn
das göd schewan tuad

678 owa na bua owa na bua
owa na bua heid ned
gehd da wind und rauscht swossa
na mia vaschtend uns heid ned

679 mei herzal is zrissn
mei huad dea is nei
wa da huad do zrissn
gsund sherzal dabei

du schwoazaugats biabal 680
du taugadst ind schtod
fia an schuasta fia an schneida
dea koa werkzeig ned hod

schauts eich den buam au 681
hod an kopf an weißn
hod koane zähnt im mäu
und wü denna beißn

auf und auf no da traun 682
bleagetzn dschtoa
und des groß häuslmensch mog i ned
owa des kloa

iwa und iwa 683
a mensch muaß i hobm
und soids iwa und iwa
a iglhaut hobm

dea oa links dea oa rechts 684
dea oa frogts dea oa mechts
dea oa schickt ia an gruaß
dea aundre hods scho beim fuaß

685 jo meine jo meine
jo meine muaß sei
und a aundre a aundre
de loß i ned ei

686 edl o edl o
schneidn ma eams bedl o
edl o edl o
schneidn ma eams o
lossn ma a schtumpal drau
daß ea nu bempan kau
edl o edl o
schneidn ma eams o

687 e e e schnei di ned
gschidn is boid
i wea da dei wundn heiln
mittn im woid

688 zwoa diandln brauch i ned
du doikada bua
dwöd is koa henaschteign
mentscha gibts gnua

lustig is buamalebm 689
sgöd hod uns dmuada gebm
smensch hob i söba ghobt
gestan auf dnocht

sdiandl is winzig kloa 690
sitzt aufm denglschtoa
sdengln kauns a nu ned
jo daß a schneid hed

wos nutzt ma a ringal 691
waun is ned trog
wos nutzt ma a diandl
waun is ned mog

san unsa drei briada 692
und koana is sche
wauns zwoa niedaschlogn
oana bleibt schteh

hoiz üwan grobm 693
und a mensch muaß i hobm
und an schteigbügl drau
das i auffischteign kau

694 annamirl mirl wend di
annamirl mirl drah di
annamirl waun i di ned hed
annamirl wos tad i

695 diandl waunst mi ned mogst
host a mäu daßd as sogst
und i geh wieda hi
wo i heakemma bi

696 du tausend schens diandl
wia schtön mas denn au
das ma öfta zaumkemman
gean hed i di schau

697 und waunst mit dein diandl
so hoagli wüst sei
oft nimm a papial
und wickl das ei
zum eiwickln was ma
woi denna zweng sche
oba just mit an jeden buam
los is ned geh

hint auffi fedan 698
und von auffi koa
und hiatzt muaß i ma de hintan
amoi voan auffi toa

und a diandl hübsch jung 699
und an wein dea hübsch oid
und des is wos ma oiwei
am bestn nu gfoid

obas einsiedlalebm 700
des gang mia ned ei
do tad i scho liaba
a zwoasiedla sei

zwischen zwoa berg 701
tuads wossa sausn
a treus diandl is ma liaba
ois foische tausend

dmentscha hob i oisaumt gean 702
bis auf a zwo
de san sovü lob
oba liabm soid is do

703 waun i a madl hed
dkinda de mecht i ned
grod um des oa is ztoa
bleib hoid alloa

704 heid wa i guad aufglegt
heid gang ma wos o
buam leichts ma a diandl
hob meine ned do

705 jetzt hob i zwoa schatzal
a oids und a neichs
und hiatzt brauch i zwoa herzal
a foischs und a treus

706 zu dia ziagts mi hin
wo i geh wo i bin
hob koa rost und koa rua
bin a trauriga bua

707 und lustig frisch auf
is mei morgengebet
und mei ersta gedaunga
wias mein diandl gehd

und a bussl kaunst hobm 708
a zwoa drei nu dazua
und oft glaubat i scho
du hedst amoi gnua

dmentscha hob i oisaumt gean 709
oisaumt sans liab
und de hob i a nu gean
de i ned kriag

fenstaln bin i gaunga 710
owa sfenstal woa zua
und i deng ma mei diandl
schloft in himmlischa rua
owa diandl jetzt woaß is
du schlofst ned aloa
du kaunst jo koan doppödn
schnaufa ned toa

hiatzt hob i a mensch dafrogt 711
die gwis koan aundan mog
des wa a sötenheid
in dera zeit

712 waun i zum diandl geh
hods an reif und an schnee
waun i wieda owageh
bliad scho da klee

713 schwoazaugad is sauba
schwoazaugad is liab
und hiatzt suach i a diandl
so schwoaz ois is kriag

714 und waun i mei diandl
beim taunzn betrocht
daun gfreid mi dea mau
dea de oabeit hod gmocht

715 da adam unds everl
haums liabm aufbrocht
i und mei veverl
haums a aso gmocht

716 mei häusl in da scheißleitn
schaut nu sche aus
is nu weida recht guad
waun da winta ned zvü tuad

mei weibal und dnochtigoi 717
de san ma guad freund
sie faungan zum schlogn au
boid dsun nimma scheind

i bin kloa du bist kloa 718
pass ma sche zaum
kriag i a kloans weibal
und du an kloan mau

sdiandl hod gsogt tua ma nix 719
drobm auf da schtiagn
und hiatzt hods an kloan duamanix
drin in da wiagn

am soaschtoana schpitz 720
is a schüdhau vareckt
de oidn ausseer buam
haum si dfedan aufgschteckt
haum gschoitn und grauft
und dfedan verkauft
daß megn wieda proin
und dhebam vazoin

721 gickade gockade
so a vadrahde wöd
koa linza mensch mog i ned
haum nia a göd

722 i geh von woid aussa
und i geh in woid zua
und i bin in woidhansl
sei lustiga bua

723 a bissl foisch des is lustig
a bissl foisch des is fei
oba so robmfoisch wia du bist
mecht i trotzdem ned sei

724 diandl kimm hea kimm hea
kimm hea do zu mia
sonst pock i mei zeugl zaum
und kimm zu dia

725 an buam hob i kennd
dea koa diandl hod gliabt
in hümmö is a kemma
owa schleg hoda kriagt

hiatzt schmeiß i mein huad in boch 726
und schpring eam söwa noch
wei mi mei oida schotz
a nimma mog

i woaß a schens madal 727
owa reich is sie ned
wos hüft ma da reichtum
beim göd schlof i ned

heid nocht hod ma tramd 728
voam bett schtehd a bam
dea bam hod si bogn
is eh ois dalogn

a pfeiffm tabog 729
und a pitschn voi bier
is ma laung ned so liab
wia a bussl vo dia

tralala fix 730
und a mensch und sonst nix
und a schene schiaßstodt
das i draufschiassn mog

731 sche kloa und sche dick
und sche nudlad um dmitt
sche rot in da waunga
des is mei valaunga

732 dgamsal toan pfeiffm
dhirschn toan rean
dbuama toan greifm
und mentscha haums gean

733 muaß i geh aufhean
des zwoadiandl liabm
sonst miaßt i mei herz
in da mitt vanaund gliam

734 mit meine zwoa diandln
do gehds ma so schlecht
de oa mog mi goa ned
de aundre ned recht

735 und i beiß di und i schmeiß di
und i wix di um derd
und i weis da dei diandl hoam
wia sa se ghead

sdiandl hod gsogt zu mia 736
und i hob gsogt zu ia
und sie hod gsogt zu mia
und i zu ia

tausendmoi deng i drau 737
wia mei schotz bussln kau
und wias mas eibrennd
bis auf de zähnd

und a bissl koid und a bissl hoaß 738
und a bissl schwoaz und a bissl weiß
und a bissl weiß und a bissl schwoaz
und a bissl foisch is mei schotz

znaxt hauma koatn gschpüd 739
i und mei frau
i woa da oba
und sie die schölln sau
da oba schticht dsau
und si schticht mit de trümpf
aufs letzt sogts an bedl au
in da fria um hoib fünf

740 mei schotz hod an kropf
und mei schua hod a loch
schneid ma in kropf weg
hod mei schua an schen fleck

741 im summa im grean woid
hob i oiwei mei freid
waun de vogal sche singan
und da guggu sche schreid

742 waun i sing sing i hö
waun i geh geh i schnö
waun i sunst koa freid hau
schau i mei schuizeugnis au

743 da wächta schreid guggu
da guggu schreid wia
und koa aufrichtigs diandl
dafrog is hoid nia

744 sechsadreißg freitognocht
samstognocht via
san ma bei de diandln glegn
sunst oba nia

mei diandl hod schwoaze augn 745
guad schtehds ia au
waun i schwoazkerschn siach
deng i glei drau

waun i zwoa diandln hed 746
und miasst dabei liegn
miassat de schiache heraust
und de schene drin liegn
und waun oana kam
dea ma oane weg nahm
wa de schiache dahi
und de schene hed i

schene rosn schene bleamal 747
schens diandl wos tamma
mitanaud gemma hoam
woaß koa mensch wos ma toan

waun da mond sche aufscheind 748
is liacht aufm plotz
und waun aundere schlofm
geh i zu mein schotz

749 dort drobm auf da heh
do woaß i a schtubm
do sitzt a schens diandl
und woand um ian buam

750 a schneewal hods gschniebm
de berg de san weiß
und hiatzt hob i scho wieda
a diandl a neichs

751 da kuckuck im woid
schreid oiwei bua bua
gib ocht auf dei diandl
politisch gehds zua

752 i wü ned hoch auffi
groß mog i ned toa
mia wa de kloa lisei
grod recht wia i moa

753 de urfahrana buam
haum olle vü schneid
des mocht des woame wossa
und de schen weibaleid

in linz und in urfahr 754
hod ma nia a mensch gfoin
in höffmberg san a a via
höverdaumd schia

mia san lebfrische buam 755
mia san so wia dfleh
boid schlof ma boid kriach ma
boid hupf ma ind heh

valiabt is da schümmö 756
valiabt is da schpotz
valiabt is da schtiglitz
a jeda hod sein schotz
valiabt is da gockl
valiabt is de laus
valiabt is da regnwuam
nua i kenn mi ned aus

san unsa drei briada 757
drei soid ma nu haum
oft liaß ma uns sgöd
ins wirtshaus nochtrogn

758 mei liaberl hods fiabal
hods olle drei tog
und i schau ma um a liabal
des olle tog hod

759 geh diandl bist launi
geh sei wieda guad
greif hea auf mei herzal
wias haumaschlogn tuad

760 a neichaufbauts häusl
mit bretta vaschlogn
hiatzt kunnt i mein oidn schotz
a wieda hobm

761 geh du schwoazaugade
loß ma mei rua
du bist ned mei diandl
und i ned dei bua

762 es rotzbuam es lausbuam
es kennts ma nix toa
es satz meina muada
fias henaloch zkloa

znaxt hob i ma beim hosential 763
a schlößl viagschlogn
wei ma dweibaleid de mistluadana
oiwei swerkzeig vatrogn

owa lumpen owa lumpen 764
owa lumpen san mia
und a jeds diandl schaut
das an lumpenbuam kriagt

i und mei lustigs weib 765
haum an schen zeitvatreib
haun olle hafal zaum
ois in gotts nam

schwoazbraun san dhoslnuß 766
schwoazbraun san dkean
waun a meine leid zankn
mein schotz hob i gean

schteig auffi am bam 767
hoi oba de bian
hoi de großn und de kloan
oft gehma mitanaund hoam

768 lauta krüppön kemman zaum
oana aloa bleibt ned laung
es kemman nu mehra zaum
es dauad ned laung

769 oa diandl koa diandl
is ma oa ding
hob a herz wia a vogal
drum leb i so gschwind

770 mei obaschteirische gredl
liegt ma oiwei im schädl
bei da mitt und beim kopf
und beim fuaß und beim kropf

771 juche is des a lebm
kauns den wos scheneres gebm
ois waun ma is voglfrei
und gsund dabei

772 zwoa schneeweiße täubal
fliagn oiwei hecha
hiatzt hob i mein diandl
ia foischheid gseha

sim sim und sam sam 773
fünf finga oa dam
des diandl mecht i kenna
des mi amoi nahm

mei schotz is de scheni 774
hods mäu volla heni
ihr gschtoid is a procht
netta bled is wia dnocht

do hint bin i fiara 775
wo dsun so sche scheind
mei schotz is ma liaba
ois oi meine freind
all leid san ma feind
und sogoa meine freind
und i woaß scho wegn wos
weil is diandl ned loß

mei diandl is blauaugad 776
und des deine is ned
und des meine is ma liaba
weis ned sovü redt

777 a frischs wasserl im berg
a frischs diandl im toi
und de lustign buam
hod ma gean übaroi

778 bist denn du a a bua
host jo koa schneid
und dia schtehd jo koa diandl auf
boids amoi leid

779 und sdiandl des hod ma
in kopf schia varuckt
sie hod mi kaum augriad
grod dhaund aweng druckt

780 du wast a schens diandl
du gfollast ma schia
es is jo dei muada
scheißhoagli mit dia
dei muada scheißhoagli
dei voda saugrob
du wast a schens diandl
du gfollast ma do

fidö bei da zidan 781
fidö bei da geign
fidö bei mein diandl
waun is auffi muaß schteign

tounei limonei 782
pomeranzn gugu
a hefm voi kraut
is ma liaba wia du

nix schenas kau sei 783
ois a bier und a wein
und a diandl im bett
und sche woam zuadeckt

schwoazaugads diandl 784
du bist de meine
und du bist ma scho gwachsn
ins herzal eine

daß im woid finsta is 785
dos mocht des hoiz
und daß mei schotz sauba is
dos mocht mi schtoiz

786 de kerschn san zeidi
hod dnochbasdian gsogt
und sie brauchad grod wen
dea ia dloata heatrogt
i hoid ia de loata
weils si ned daglängt
und i siach scho wo die schenste
herzkirschn hängt

787 dort drobm auf da heh
is a schtoanane mühl
mog an jeda bua moin
i moi a waun i wü

788 sche grea is da klee
wauna gehd in de heh
und mei diandl is frisch
wias quellwossa is

789 zwoa berg und zwoa toi
und zwoa rößl im schtoi
und zwoa diandln im bett
di oa mei di oa ned

i tua wos i wü 790
und i tua wos i mog
und des oanzige is
das is weib voahea frog

i wüßt scho a gwisse 791
i woaß zwoa ned gwis
ob die gwisse die i woaß
die gwisse woi is
waun sie wissat daß is woaß
daß is gwis wissn taad
na wissat i gwis
daß i woaß was i taad

mei oide hoid hena 792
mei oide hoid kia
mei oide hoid ois
netta smäu des hoids nia

hoid hea dei liabs fotzal 793
mei schotzal los auf
i hob häufte bussal
i pick da oans drauf

794 i hob zu mein diandl
an mühsaumen weg
i muaß üba a wossa geh
und üba an schteg

795 wos weiß is is kasig
wos schwoaz is is liab
und i schau ma um a diandl
so schwoaz ois is kriag

796 beim diandl ian fensta
is a raubvoglnest
und i trau ma ned zuwa
de luadan san bes

797 i bin dia ned hold
i bin dia ned feind
und zum schottn bist ma zguad
waun dsun nimma scheind

798 da bua geht zum bachö
und woscht si sei glachö
und sdiandl gehd mit
und woscht si ian schnit

und i haun hoid mei freid 799
mitn seitlpfeiffm
do kaun i mit de finga
auf dlöcha greifm

owa netta ums kenna 800
is meine de schena
owa netta ums gschpian
kauns in rahm bessa rian

hiatzt hob i zwoa röcklan 801
an oids und a neichs
hiatzt hob i zwoa schatzln
a foischs und a treus

gigade gogade 802
geh glei sunst pock i di
i pock di beim krogn
wea di glei aussi trogn

in nochban sei hund 803
hod mas mensch ned vagund
hobs scho ghobt bei da pfoad
hod mas wieda ogjoad

804 si ned sche ea ned sche
wia wiads amoi geh
ea nix nutz si nix nutz
ois wiad vaputzt

805 i hob a diandl ghobt i hobs gean ghobt
i kauns ned vagessn
i muaß oiwei aun sie denga
boid ma schweinas essn

806 sdiandl is jungfrau
und i bin ia bua
si hod a schens jungfrau sei
waun i ia nix tua

807 du schpöttische gretl
geh tua ned so schtoiz
brennst a grod a feichtans
koa buchsbamers hoiz
und wegn deim sche sei
do büd da nix ei
des schiab i jo leicht
ins schtilehtaschl ei

hedara fedahau 808
fedahau fix
jeda bua hod a mensch
nedda i hob hoid nix

juhe hob i gsunga 809
juhe hob i gschrian
bei da mitt hob is gnuma
in nochban sei dian

mei diandl is fort 810
und is aus übad heh
deaf nimma drau denga
mei herz tuad ma weh

sdiandl in da rupfan pfoad 811
is volla fleh
hob a weng einigschaut
hupfm ind heh

owa diandl he he 812
i tua da ned weh
i moch da an buam
wei a diandl bist eh

813 zu dia bin i gaunga
zu dia hods mi gfreid
zu dia geh i nimma
da weg is ma zweid

814 du tausend schens diandl
geh loß ma mein schtoiz
bin a bluadjunga bua
vafiad wa i boid

815 mein diandl sei treu
is so schwa ois wia blei
is ia söiwa vü zschwa
sie wirfts weg und geht laa

816 wast scho a schens diandl
waunst ned so bled tadst
und waunst ned olle nocht
bei an aundan buam lagst

817 da schüdhau im woid
hod an schwoaf an krumpen
waun i drei diandl hed
kunt i zwoa valumpen

hiatzt schmeiß i mein huad in boch 818
und schpring eam söiwa noch
wei mi mei oida schotz
a neama mog

owa diandl ei ei 819
und i liab di so frei
und i liab di so gean
das i narrisch kunt wean

owa diandl mi mechst haum 820
i wa nu jung
und i hupfad ind hollaschtaun
des wa a schprung

zwegn oan diandl traurig sei 821
wa ma a schaund
i drah mi glei ummi
gib ana aundan de haund

bin i auffigschtign bin i owagfoin 822
bin i hängabliebm bei da haustiaschtiagn
hob i ma denkt
i hob mi aufghängt

823 du schwoazaugats diandl
mit dem flochsbrauna hoa
waun i di recht laung auschau
wia i a noa

824 sdiandl hod glocht
wia is zum umfoin hob brocht
wia is auslossn hau
hods an juchiza tau
dreiviatl joa drauf
hod koana mea glocht
da juchza hod kinda kriagt
des gibts bei da nocht

825 entas berg ent
schtehnd de häusa im grobm
dort haums de schen mentscha
herent soid mas hobm

826 heiliga benedikt
smensch is scho wieda dick
heiliga floriau
i hobs ned tau

heid bin i kreizwohlauf 827
heid bin i gsund
i bin bei mein diandl glegn
drei a via schtund

a diandl hob i ghobt 828
haumas dleid ned vagund
soin si sis ghoidn
de neidign hund

dreimoi um dbeivöglhittn 829
viermoi ums haus
waun i heid nix zum mausen kriag
reis i man aus

de gams im gebirg 830
schpringan hin und wieda
und is des diandl ned
is an aundas wieda

waun is diandl amoi hau 831
und in weg amoi gwohn
und shaus amoi woaß
oft is higeh a gschpoaß

832 geh i auffi auf dheh
und schau übas laund
oft siach i mei diandl
im feiatog gwaund

833 goi diandl liabast mi
waunst mi mechst kriagast mi
waunst mi treu liabst
kaunst mi haum wiast mi siagst

834 mentschan bin i gaunga
drei gaunze wocha
waun i wieda amoi geh
wia i heilig gschprocha

835 woa amoi fenstaln
bei da resl auf da heh
hob ghoid mia an schnupfm
unds hemd volla fleh

836 leich ma a diandl
zum umaflanian
de meine is schwaunga
de kau si ned rian

diandl bist drinnan 837
daun moch ma glei auf
es friad mi ind finga
da schnee foid scho drauf

waun i amoi schtirb 838
nochhea mecht is scho moan
daß mei grob recht noß wiad
vom diandl ian woan

a so a so a diandl 839
a so a so a feins
a so a so a odrahds
is koans ois wia meins

waun i wischpl und schrei 840
und du heast mi ned glei
so wea is vaschteh
das i weida muaß geh

und di taubm haum gschnoblt 841
und da schüdhau hod boizt
und da bua dea hods diandl
im hoiz draussn ghoist

842 am soaschtoana schpitz
gehd a wind a woacha
und de goisara buam
san hosnsoacha

843 und sdiandl is liabreich
oba gödreich is ned
mia is liaba sie is liabreich
wei beim göd schlof i ned

844 und wea hod mas vaüböd
waun i wos da wö tua
bin a fescha a gsunda
a lustiga bua

845 du herzigs schens diandl
i sog das mit grund
i gab da mei herzal
waun is ausreißn kunnt

846 waun i des ding hed gwißt
daßd mi ned mechst
hed i dia koan kas ned kauft
du koischwoaze hex

wos is aun de mentscha drau 847
bei de fiaß faungans au
und obm bei de hoa
sans scho wieda goa

du glaubst weist a haus host 848
i soi di bittn
i pfeiff auf dei haus
auf dei brettahittn

drunt beim boch wogst koa gros 849
wei i koans siach
und koa diandl gibts auf da wöd
dos i ned liab

fiaka schpaun ei 850
und drei kreiza kean dei
foa mi auffi ind schtodt
das is mensch hoisn mog

waunst amoi aussa kimmst 851
du eigschpeada bua
daun keast bei mein schloffenstal
a amoi zua

852 und hiatzt geh i zum krauma
und kauf ma an hauma
und nogl smensch au
damits ma ned davau kau

853 dea bua is schriftgelehrt
kauns abc guad
und sdiandl mechts wissn
wias weidageh tuad

854 hab gsunga und pfiffm
ois lustiga bua
owa hiatzt pfeifft mei weibal
und i taunz dazua

855 wos nutzt mia a diandl
im schlofkammal drin
wauns aussa nia gehd
und i eini nia kimm

856 i lieg ned beim göd
i lieg ned beim guad
i lieg nua beim diandl
beim fleisch und beim bluad

den buam mecht i kena 857
deas mia amoi tad
i flickad eam dhosn
und klopfad eam dnaht

du brauchst mi ned bittn 858
du brauchst mas ned sogn
i nimm di umd mittn
und du mi beim krogn

untan haus oban haus 859
passns ma fia
i muaß jo grod locha
dawischn mi nia

oa schwoim mocht koan summa 860
oa bam mocht koan woid
in a kreizsaubas diandl
valiab i mi boid

owa schau diandl jetzt wiads ra 861
hauma ned zvü trogn ma ned zschwa
boid ma amoi gor nix haum
heirat ma zaum

862 an schprung übas gassal
an juchiza drauf
an klopfa auns fensta
schens diandl moch auf
und waunst ma ned aufmochst
so loß das hoid bleibm
am sunntog hauma a musi
kaunst a dahoam bleibm

863 und in winta wauns schneibt
do is sakrisch koid
in a kreizsaubas diandl
valiab i mi boid

864 lustige buam samma
jo mia san bei da zeid
waun da tog auffa gehd
samma nu auf da reis

865 mia haum gfochtn und grauft
und a gstoin beizeitn
an ochsn a rößl
und so kloanigkeitn

i hob sovü zwanzga ghobt 866
hob mias woin schpoan
wia i dmentscha hau gliabt
sans glei olle goa woan

des diandl des mecht i 867
des hob i recht gean
des hod a poa augal
ois wia a poa schtean

i kau nimma sitzn 868
i kau nimma schteh
i muaß zu mein diandl
ind schtod einigeh

mei herz is schwa 869
goi schotz deins a
i muaß vo dia scheidn
und du vo mia a

heid nocht hod ma tramd 870
i hau dschümmön auzamd
i hobs eigschpaund in wogn
bin zum diandl hi gfoan

871 und de bäurin im haus
hed mi goa so gean kennd
und si hod wegn meina
zwoa kerzn vabrennd

872 de oane bringt a hendl
de aundre an hau
i woaß scho wos woids
i kenn engs scho au

873 unsa oids häuslweib
hod mi scheißgean
boid da häuslmau schtirbt
kau i häuslmau wean

874 i woaß a schens glöckl
des hod an schen klaung
und i woaß a schens diandl
de hod an schen gaung

875 de kerschn san zeidi
de kerschn san guad
waun mei madal vorbeigehd
so zupf i mein huad

mei schtrumpf is ma zrissn 876
hibsch in da heh
i loß man ned flicka
a lump bin i eh

tralalala 877
waunst dia recht is mia a
waunst dia recht is sog jo
wegn dem wa i do

du tausend schens diandl 878
du hümmöschlüssl
bei dia mecht i schlofm
a kloawinzigs bissl

beim diandl bin i gwesn 879
und hob mi vaschpad
wiri hoamzua bin gaunga
haum dmahda scho gmahd
do hob i mei pfoad
üban kopf ummighängt
sgsicht haums ned gsehn
und in oasch haums ned kennd

880 waun i a bua wa
möcht i zwoa kia
de oa miassad braundwein gebm
de aundere sbier

881 an untakittl und an obakittl
und an kaiblschtrick umman hois
und a kropfsoim und a hoapomad
jo mei diandl kriagad ois

882 bin oft bei dia gsessn
bin oft bei dia glegn
und koa aufrichtigs bussl
host du ma nia gebm

883 am soaschtoana schpitz
hod da schnabö sein sitz
hod da schnabö sei freid
wia da mau mit sein weib

884 binglmensch banglmensch
bleib a weng schteh
es schaut di gwis koana au
mogst wieda geh

hiatzt hod ma mei diandl 885
a briefal zuagschriebm
und warum daß i hiatzt
bei da nocht nimma kimm
wia is briefal hob glesn
hod mas herz in leib glocht
hob ma dschtieföN auzogn
und bin furt bei da nocht

üban see bin i gfoan 886
haumas ruada eitaucht
hob is diandl liabm gleant
hob koan schuilehra braucht

mia fiachtn koan teifö 887
mia fiachtn goa nix
hod oana an zweifö
bua dea kriagad wix

i bin a jungs biabal 888
geh gean zu da geign
drum kennan de diandln
mi olle guad leidn

889 waun i dia ned gfoin tua
oft sog mas gschwind
und a aundare muada
hod a a schens kind

890 wo schene ocka san
san schene ruam
haum dmauna a a schneid
ned grod de buam

891 diandl waunst mausn wüst
muaßt ma wos gebm
wei i bin da mausa hans
und muaß a vo wos lebm

892 bin auffa vo steya
hob auf an grean huad
und a kuchlmensch liabm
is vias sodbrenna guad

893 da goasberg is gschpitzad
ban bodn is a broad
ums mensch is ma ned
um ia schneid is ma load

waun dei herz aso treu wea 894
und so woa wia des mei
so miassad dei schwesta
mei schwagarin sei

da schtiglitz is schtiglitz 895
und da fink is koa schpotz
und a schwoazaugads diandl
muaß i haum zu mein schotz

sdiandl hod gsogt 896
i soid dschtieföн ausziagn
daß mi dhausleid ned hean
waun is geh üba dschtiagn
i hob dschtiefön auszogn
und hobs glei vaschteckt
und ohne schua schpring is
glei eini ins bett

und waunst di hod kränkt 897
daßd ma a bussl host gschenkt
is ma goa nix drau glegn
kau das glei wieda gebm

898 zum busseln ghean zwoa
des is jo ganz kloa
waun i so übaleg
alloane gehds ned

899 schmatzn und bussl gebm
is jo koa sünd
des hod ma mei muada gleand
ois a kloans kind

900 hiatzt schick i mein schotz
des letztemoi an gruaß
weil i vo da lustign wöd
wegwaundan muaß

901 boid schteh i im wossa
boid foah i am see
do schwimman zwoa koischwoaze
diandln ind heh
de oa is mei schotz
de aundre mei moam
hiatzt hob i zwoa koischwoaze
diandln dahoam

schteh ma ned zweid zuawa 902
daßd ma doxen ned schreckst
sunst kriagst a so a watschn
daßd in oasch auf dheh hebst

sdiandl vo lauffen 903
de tads gean vakaufen
und healeicha a
boid ia grod danoch wa

glaub jo ned i wogl 904
i kaun ned recht schteh
i kau wegn de hühneraugn
nua ned recht geh

und daßd ma ned treu bist bliebm 905
des is da vaziehn
i bin dia a koa schtund
aufrichtig bliebm

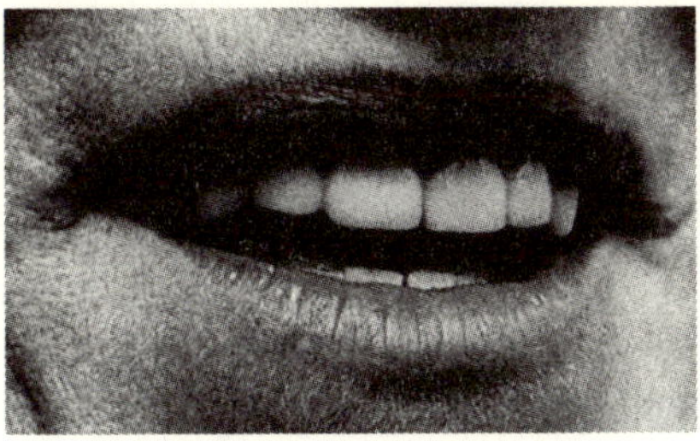

justi sandner

hüttenwirtin

906 auf da oim is a gschpoas
liegt da bock bei da goas
und da schtia bei da kua
do gehds oimarisch zua

907 soimdiandl liabm
und sgamsal schiassn
des hod irgend oana
scho biassn miassn

908 drobm auf da oim
gehd oiwei da wind
und bei mein diandl woaß is scho
sie hods gean gschwind

909 auf da oim is recht lustig
toans kasn und rian
und dahoam miassns dengln
daß a a schneid kriagn

910 hin üwad schneid hea üwa dschneid
auf doim is a nimma weid
i hobs scho in da nosn drin
dkia goas und dsennerin

sdiandl auf da oim 911
tuad an juhschroa an hoibm
an hoibm tuad da bua
üba doim dahea zua

auf da oim is koa bleibm 912
boid tuads regna boid schneibm
in da hittn is koa sei
gehd da wind aus und ei

auf da oim is koa sei 913
voa lauta hunga mechst schrein
a dicke mülli mogst hobm
wauns da guad tuad in mogn

waunst a oimdiandl wüst liabm 914
muaßt da an kuadreg eischiam
daßd a ausweisung host
wauns di frogn uman poß

waun i auf doima geh 915
oda zum taunz
do zreiß i hoid meine schua
nua dhosn bleibt gauns

916 auf doim bin i gaunga
auf doim geh is nu
a poa schua hob i zrissn
a poa zreiß i nu

917 und hiatzt hob is a mensch
von da oima owa
und si hod an braun schtroaf
übas oaschal oha

918 de kotzn im märz
und dsennerin auf da oim
haum diesöwe kraunkheid
brauchn oa soim

919 bin amoi umigrennd
hea üwa doim
hiatzt hob i scho wieda
de hebam zum zoin
de hebam is zoid
und da pfoarra a
hiatzt schreid hoid da zweite frotz
a scho wieda

auf da oim gehds gean 920
lustig zua
is koa traurigs diandl
und koa doikada bua

auf da oim is ned aus 921
is koa bua ned zhaus
is de sennerin olloa
kau i toa wia i moa

auf doim muaßt geh 922
auf da oim is guad bleibm
owa dsennerin kunnt leicht
dei großmuada sei

drei winta drei summa 923
drei öpfö am bam
waun netta mei voda
vom biri abakam

auf da oim obm muaßt schlofm 924
bua des is a soch
deafst rumpln und pumpln
wiad koa baua ned woch

925 i geh auffi auf doim
hob dsennerin hoamgsuacht
und de sakrische hittn
hob i oft scho vafluacht

926 mei schotz is a sennerin
hoch drobm auf da oim
hod a goas und a kua
und koan joggl dazua

927 auf da oima gibts koima
weißgscheckade kia
und wia schena de sennerin
wia liaba is mia

928 auf doim bin i gaunga
auf da oim hods ma gfoin
auf doim geh i wieda
wei do tuads ma gfoin

929 im fruahjoa wauns grea wiad
gehd ois da heh zua
bleibt koa vogl in da niada
und a koa lustiga bua

drom auf da heh 930
hods a sennerin vawahd
und wias appa is woan
hods in oasch owadraht

diandl schteh auf vom bett 931
es singan scho dschwoim
und de gamslan san a scho auf
drobm auf da oim

waun koa jaga ned wa 932
und koa hoitabua a
wea tad den da sennerin
dfleh owafaunga

waun i auf da oima wa 933
und hiatad a goas
in tog a moß milli
des wa ma a gschpoas

auf doim bin i gaunga 934
hod blitzt und hod krocht
wia i auffi bi kemma
hod dsun obaglocht

auffi auf doim
und hoib dafrian
des wa des richtige wetta
zum schneid valian

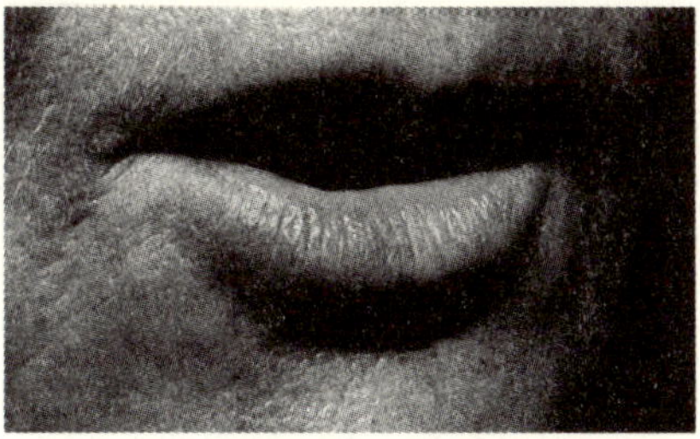

margit gsenger

mundartdichterin

936 unsa dian und dnochbasdian
de wissn koane buama zkriagn
unsa dian de hod scho oan
dnochbasdian no koan

937 sdiandl hoaßt res
waun is auschau schauds bes
waun is augreif daun schreids
mit da res is a kreiz

938 sdiandl hod gsoad
sie hod an floh in da pfoad
i soi einiglaunga
und soid ian aussafaunga

939 sdiandl hod gschissn
da bua dea hod glocht
weis diandl so an gschpitzadn
haufm hod gmocht

940 sdiandl in da rotn pfoad
hod sovü fleh
boid si si umidraht
hupfens ind heh

aufm traunschtoana schpitz 941
hod da vogl sein sitz
hod da vogl sei freid
wia da mau mit sein weib

waun olle leid schlofm 942
und san in da rua
oft kimmt übas wossa
a lustiga bua

sche is a ned da bua 943
owa liab hoda gmua
göd hoda freili koans
weil eas vatuad
göd hoda freili koans
schneid owa gmua
liaba koa göd
ois zweng schneid auf da wöd

und du tausend sassa 944
waun nas gattal ned wa
wa da riegel ned fia
gang i eina zu dia

945 hiatzt soi i mei diandl
wen aundan schenga
auf ewige zeit
zum angedenga

946 sdiandl von da nochbanschoft
schau i gean au
freid mi waun is siag
waun is a ned glei haum kau

947 drenta da denau
do schtehd ein gerüst
do werdn de mädchen
elektrisch geküßt

948 da schteg hod si gringeld
ea hod si scho draht
wa ma load um mei diandl
wauns ma owifoin tad

949 schau hea mei schens schatzal
schau hea mei schens kind
schau hea auf mei herzal
wia dliab aussarinnt

diandl geh geh 950
du bist reich du bist sche
du host göd du host gwaund
du host vü hoiz voa da waund

sdiandl is traurig gwen 951
und woaß ned wegn wos
ins bachal is einigfoin
dschürzn woa noß

wos kloa is is sauba 952
wos kloa is mocht dliab
wos groß is is ungschickt
is ma a scho passiad

du tausendliabs biabal 953
wia schtön mas den au
und das mei kittl
ned zkurz wiad vorau
du tausend schens diandl
schau so schtön mas au
hint schnein ma a trum aussa
und voan flick mas drau

954 redst oiwei vom geanhaum
redst oiwei vom liabm
redst oiwei vom vöglfaunga
und i siach nia oan fliagn

955 oba sdiandl hod a nosn
wia hörndl im gsicht
deafst scho sakrisch aufpassn
das hörndl ned bricht

956 sapfal is rosenrot
einwendi fäu
bei de diandln is grod aso
sbeste is mäu

957 diandl du luada
sog ned ois da muada
sog ned ois dahoam
wos ma bei da nocht toan

958 drei öpfö drei bean
und drei hoslnußkean
und a schwoazaugads madl
muaß a nu mei wean

auffigschaud auffigschaud 959
hoda aufs bett
owa auffitraud auffitraud
hoda si ned

geh du schwoazaugade 960
goi jo hiatzt taugad i
goi jo hiatzt wa i recht
waun i di mecht

sdiandl hod gfischd ban boch 961
hod nix dawischd ban boch
hod a schlechts keda drau
beißt koana au

waun i wissad das da bua kam 962
tad i duttln woschn
waun i wissad das ea ned kam
tad is ruassig loßn

waun i den buam ned kriag 963
und koan aundan mog
oft hob i mei lebtog
koan lustign tog

964 pfiat di gott liaba schotz
in mein herz is koa plotz
in mein bett is koa rua
schloft a aundana bua

965 wauns diandl sche is
und is nu jung
oft muaß da bua lustig sei
sunst kummt ea drum

966 sdiandl in jungen joan
hod a scho vü eafoan
ausgschtaundn a scho vü
hinta da hü

967 sdiandl hoaßt lena
hod im schtoi ihre hena
und a schlupfloh is drau
das da hau einikau

968 sdiandl mit siebzehn joan
is no nia schlittn gfoan
woaß ned wia ma an schlittn führd
oba heid wiads probiad

swossa is gwölld 969
und da schteg hod si draht
wa schod um mein buam
waun ea einifoin tad
waun ea einifoin tad
ea tad ned datringa
ea tad wia a fischal
glei wieda zuwaschwimma

da hansl in da schneeweißn pfoad 970
hod scho wieda ind hosn gsoacht
hansl wos wa den dos
dhosn is noß

na bua des tad i ned 971
hintan bett lag i ned
wa denn dos a a lebm
hintan bett drin

de gamsal haum krickal 972
de hirschn haum gwei
und guad liegn woas scho oiwei
bei de mentscha hiebei

973 du herzigs schens diandl
du wunderliabs kind
bei dia wa guad schlofm
bei dia was koa sünd

974 und waunst mi ned mogst
daun soidst das glei sogn
oft wea i glei wieda
an aundan schotz hobm

975 mei schotz is a schpitzbua
des hob i oft ghead
i hob mi übazeigt
ea is wirkli nix wert

976 mei bua is bes mit mia
i woaß scho warum
wei ea a esl is
und so sakrisch dumm

977 sdiandl hod gschissn
hod gschissn in boch
in buam pockt de sehnsucht
und ea schwimmt in dreg noch

mei schotz is a söcha 978
trinkt gean üban durscht
und ob ea mia treu is
des is ma wurscht

schteig nua auffa schliaf eina 979
bei mia is guad liegn
hod a jeda bua gsogt
dea do eina is gschtign

wauns diandl sauba is 980
is a schens ding
do muaß da bua schtoa eischiabm
sunst is ea zgring

schteirische gretl 981
du liegst ma im schädl
du liegst ma im sinn
waun i bei da nocht kimm

beim diandl ian fensta 982
muaß woam aussa geh
sunst kinnad des biabal
dort ned solaung schteh

983 du doikada bua
bist volla faxn
wia wiad den im winta
a bleamal woxn

984 waun i auf mei biabal deng
und auf sei toan
oft deng i ma dea muaß sei
sunst mog i koan

985 und sdiandl hod a mühl
mit oanzign gaung
und da müknecht muaß moin
de gaunze nocht laung

986 wauns gamsböckl schpringt
und de nochtigoi singt
und da auvogl schreid
is mei diandl ned weid

987 i tua eam ned feind sei
dem wuzal dem kloan
es wuzlt si sovü nett
umma um oan

und waunst mi a gean host 988
des is ma ned gnua
du muaßt ma a gebm
nu a bussl dazua

und sdiandl is sauba 989
von fuaß auf is sche
und si hod grod oan föhla
sie liabt oiwei zwe

und hiatzt hod ma mei diandl 990
a quetschn umghängt
und hiatzt soll i de gaunze nocht
quetschn a weng

do draußt in boan 991
do wogst a schens koan
und weng oan diandl sammas
ned aufeazogn woan
weng oana ned gwoxn
weng zwoa ned geborn
weng drei und weng via
ned aufeazogn woan

992 es gibt nix so lustigs
wia i und mei bua
er redt nix und deut nix
und i horch eam zua

993 unds diandl hod a ding
is ned schwa is ned gring
und zum buam niedahobm
kunnts nix raras ned hobm

994 und wia hecha de berg
und wia frischa de gams
und wia schena de diandln
wia schpöttischa sans

995 sdiandl hod fünf sinn
den oan hea den oan hin
den oan auf den oan o
den oan dort den oan do

996 o du mei liawa gott
schick ma an schtock
dea auf zwoa fiassn schtehd
und mit mia schlofm gehd

de bettschtodt is kloa 997
muaß drin schlofm alloa
owa kummat mei schotz
hed ma ollezwoa plotz

sdiandl hod a ding 998
is ned schwa is ned gring
is ned eng is ned weid
an dem ding hods a freid

beim kopf und bei de fiass 999
do gehd de liab au
wos oba am bestn schmeckt
loß i neamd drau

sche is ea ned da bua 1000
oba recht frisch
und sei schuidigkeit mocht a
wias da brauch is

du tuast da jo leicht 1001
mechst oiwei noschn
oba i deafad nochhea
dkindswäsch woschn

1002 sdiandl is weichselbraun
und da bua göb
des san hoid de schenstn zwoa
leid auf da wöd

1003 in bauan sei töchtal
is a wundaschens kind
wauns nua ned oaseitad wa
und auf oan aug blind

1004 sdiandl vo leiterbo
schneid da kua seita o
denkt si oans loßts schteh
wei es is so vü sche

1005 diandl dei jugend
dei kreizguade tugend
dei schene mania
hod mi heabrocht zu dia

1006 sdiandl is sauba
und si mecht gean an tauba
und i woaß ia scho oan
recht an sauban an kloan

sdiandl hod gheirat 1007
an betlrichta
hiatzt deafs ihre kinda
ins betln schicka

sdiandl hoaßt kathl 1008
wos sitzt hods a blattl
und voan hods an schtean
den hoids in eahn

sdiandl hod zahndl 1009
so weiß wia da schnee
san olle eigsetzt
drum toans ia ned weh

sdiandl im bett 1010
hod a seidene deck
hod a seidene hü
oba liab hods ned vü

du broadoaschads diandl 1011
i hob di so gean
i kunnt wegn deim broadoasch
a scheißhäusl wean

1012 diandl i liabad di
sog mas wia kriag i di
wia das sogn wiast mi kriagst
waunst mi treu liabst

1013 leg di nua zuawa
und hob mi vü gean
das unsere kinda
sche schwoazaugad wean

1014 da schpühau im woid
dea hods grugln aufbrocht
und hiatzt grugln de buam
bei de mentscha auf dnocht

1015 sdiandl hod a ledans lo
heid mochmas a aso
gestan auf dnocht
haumas a aso gmocht

1016 oamoi is koamoi
zwoamoi is oamoi
dreimoi is a ned vü
waun da bua wü

sdiandl is grantig 1017
aun wos wiad des liegn
sie is heid beim aufschteh
in an kuadreg einigschtign

sliesal hods wiesal gmaht 1018
hod si ian rock aufdraht
kaunst das vo weitn sehng
wias groamat tuad schtehn

oba sdiandl hod gsogt 1019
sie miaßt an bergknoppen hobm
sie hed sovü freid
mit dem pickeln und grobm

sdiandl hod a freid 1020
mit ian bergknoppen buam
wei ea dschuidigkeit tuad
mit oin fleiß in da gruam

drenta da denau 1021
do hods scho a eis
daß a schens diandl jungfrau bleibt
braucht scho an fleiß

1022 owa am traunsee
hods scho a eis
daß diandl a jungfrau is
des is nix neis

1023 annamirl sei schtü sei schtaad
daß di da wind ned draht
annamirl sei schtü sei schtaad
daß di ned draht

1024 oba gretl sei ned zwieda
oba gretl sei ned fad
oba gretl loß mi drüba
oft kriagst an schoklad

1025 und gretl is lustig
sie singt jo und locht
und kathl de kewöd
vo da fruah bis auf dnocht

1026 sdiandl hod in schua valoan
drent bei da wändt
sie sucht eam und findtn ned
loßt in schua drent

grosgrea is dhollaschtaun 1027
schneeweiß is dblia
sche san de schwoazn augn
oba treu bleibms hoid nia

hiatzt hod mi mei oida schotz 1028
griaßn lossn
i soi mi vo koan aundan
ned stimma lossn

de wöd gehd ned bedln 1029
ins bedln gehn dleid
wauns diandl in buam ned wü
föhds aun da schneid

zwoa buam und oa diandl 1030
des gehd ned recht zaum
weil mas diandl in da mitt
ned vanaundreißn kau

sdiandl is kloa is kloa 1031
kunnts in a schachtal toa
schachtal is nu ned voi
oba kloa is sie woi

1032 sche is a ned da bua
liab is a oba gmua
waun mas glück aweng haum
kemma do scho nu zaum

1033 dort obm aufm berg
schtehd a ocka voi ruam
dort sitzt a kloans diandl
und woand um ian buam

1034 sdiandl hoaßt annamirl
und da bua lenz
hod eam da hans smensch davau
hod da lenz trentzt

1035 leg di nua zuwa mei
annamirl
du derfst das ned scheicha
mei hosntial

1036 beim diandl ian fensta
san dkerschn zeidig
und si loßt mas ned brocka
de sau de neidig

sdiandl is auffigschtiegn 1037
aufm traunschtoa
hiatzt mogs nimma owa
muaß obmbleibm alloa

sdiandl wos mei soid wean 1038
is nu gaunz kloa
sie hod nu koa kittal au
grods pfoattal aloa

waunst mit dein diandl 1039
so hoagle wüst sei
so nimm a rods bandl
und wickl das ei
nimm a rods bandl
und wickl das zua
kimmt da koa fremda
schmarotza dazua

sdiandl is winzigkloa 1040
traud si koan schoaß ned toa
sie tuad nua an pfis
weis kloawinzig is

1041 kloa bin i kloa bleib i
groß mog i ned wean
owa an buam mecht i kriagn
wia a hoselnußkean

1042 in hümmö haums a dunnawetta
owa eischlogn deafs ned
schteig nua eina beim fensta
owa rumpön deafs ned

1043 aus is um mi
und mei haus hod koa tia
und mei tia hod koa schloß
und mei mensch bin i los

1044 sche wischerisch ummi
sche schliafarisch zua
wea zu sei diandl gehd
is a lustiga bua

1045 tralalala
is mei morgengebet
und mei ersta gedaunga
wias mein diandl gehd

sdiandl hod an hitschatn 1046
hatschatn gaung
und so kemman zwo
hitschate hatschate zaum

schteig ned so hoch auffi 1047
bleib bessa beim bodn
und de goa so schen mentscha
san ned so hoch drobm

sdiandl is hab auf mi 1048
weil i ned kemma bi
hiatzt bin i voglfrei
dos sog i glei

wos hüft mia mei mahn 1049
waun dsensn ned schneid
wos hüft mia a diandl
des ned bei mia bleibt

drenta da entan wändt 1050
sitzt a kreizsaubas mensch
hod an schen kittl au
guad schtehd ea ia au

1051 dmentscha san hochgelobt
hint und voan ausgeschtopft
miassn ois probian
das an sauban buam kriagn

1052 ollewei ollewei
gehds aso zua
wo schene mentscha san
is nia a rua

1053 sdiandl is gschmeidi
vü leid sammas neidi
wos frog i um dleid
waun mi mei diandl gfreid

1054 sdiandl hod in wean schtudiad
und da bua zlinz
hiatzt liegans im bett beinaund
und feian priminz

1055 diandl loß mi einigugga
bei da kloan kaummalucka
gelobt und gewenedeid
du bist jo do a schens weibaleid

in linz do wißts eh 1056
do haum dmentscha vü fleh
hod znaxt oana gsogt
ea hods gschpiad bei da nocht
haum eams hemad gauns zbissn
in dhosn no gschissn
dschtiflettn vazogn
und in huad gauns vabogn

sliesal ban boch 1057
schreid ma ollewei noch
schreid ma olleweil zua
sei nua lustig mei bua

owa diandl du jungs 1058
du lampal du fromms
tua in buam oiwei sche
wiads da oiwei guad geh

sdiandl is winzig kloa 1059
loßts sis im schteh ned toa
mecht oiwei liegn de sau
wia de gnä frau

1060 waun is wissad das da bua kam
tad i hoch aufbettn
waun i wissad das a ned kam
tad is niedatretn

1061 wauns amoi regna tuad
is eigrosn a ned guad
wean dmentscha waschlnoß
bis aufm oasch

1062 du mei herzigs weibal
host an kopf wia täubal
host a herzal aus wox
und krumme fiaß wia a dox

1063 waun i eischpaun is finsta
waun i ausschpaun is hö
sogt nochea mei diandl
wiaso foast denn so schnö

1064 sdiandl hod an schneida gliabt
üba drei joa
hiatzt hods an goasbock kriagd
mit rode hoa

und de hoischtoda mentscha 1065
schtend zaum auf a rod
frogt oane de aundre
wos fia an buam hod

diandl gib ocht am huad 1066
daß a ned wogln tuad
wauna amoi wogln tuad
gehds nimma so guad

diandl geh hea zum zaun 1067
loß da in de äugal schaun
wia deine äugal san
schwoaz oda braun
na i geh ned hea zum zaun
loß ma ned ind äugal schaun
wia meine äugal san
gehd di nix au

zlinz und in eferding 1068
haum sis im keabal drin
dmentscha moan i
oba lauta kloani

1069 waun dhoslnuß zeidi wean
kriagns schwoaze kean
waun de diandln schwoazaugad wean
haums de buam gean

1070 swossa rinnt owi
und auffi goa nia
und wauns diandl sauba is
gib i ma müah

1071 lustig is gwen
den vorign winta
haum zwoa mentscha grauft
zweng an besenbinta

1072 de diandln de foisch san
de weans amoi kriagn
de wean danoch scheidlknian
a hümmöfoad kriagn
kemmans auffi zu da hümmötia
da teifö schteht via
sads oiwei so foisch gwen
kemmts nua eina zu mia

de goiserer mentscha 1073
haum schene schtrimpf au
si brauchans ned woschn
si soachan sis au

de kerschn san zeidi 1074
de weichseln san braun
hod a jeda a diandl
muaß ma a um oans schaun

beim diandl bin i gwesn 1075
hod mis unglück troffm
i hobs grod a weng ghoist
is bettschtod brochn

hiatzt is ma a vogal 1076
ins fensta kemma
und i kau jo des vogal
beim naum ned nenna
es singt ned wira zeisal
es singt ned wira schpotz
es singt jo nua ollewei
herzliabsta schotz

1077 drei winta drei summa
drei öpfö am bam
do miaßt i a noa sei
waun i a kropfate nahm

1078 lustig is scho
waun de nachtigoi singt
owa lustiga nu
waun mei schens diandl kimmt

1079 und a landlamensch liam
muaß i a nu probian
aufm kropf auffischteh
siacht ma dsun auffageh

1080 sdiandl hoaßt nandl
hod schneeweiße zahndl
hod schneeweiße knia
owa gsehng hob is nia

1081 und waun is mei diandl
beim taunzn ned hois
is netta wia dbäurin
de dnudln ned schmoizt

juhe da woid is grea 1082
sgibt koane mentscha mea
sans in da ewigkeid
dos is ma zweid

sdiandl hod juche gschrian 1083
is den koa bua zum kriagn
is den koa bua so guad
dea mas owatuad
de keaschen vom bam
weils scho laung zeidig wan

wo is den mei diandl 1084
wo is den mei schotz
aufm bergal schteds drohm
und an oimhüttal hods

du mochst um mein diandl 1085
oiwei so vü gschroa
du kriagst amoi oane
daßd moanst du host zwoa

1086 wauns bergal ned wa
de bam tad i weg
do sahad i mei diandl
wias aufschtehd vom bett

1087 hiatzt diandl woat a weng
hiatzt kummt da schwoaze regn
loß zerst den regn voabei
oft gehma glei

1088 da maikäfa summt
zum opföbam hi
was madl da bam
und da maikäfa i

1089 diandl mei mei
koa schtoa wiast ned sei
waun i bei da nocht kim
loß mi a zu dia liegn

1090 dort obm aufm bergal
is a rode maua
und de schensten töchta
hod da hiasn baua

sdiandl is hab auf mi 1091
hob ia nix tau
i hob ia an kirtog brocht
si nimmt eam ned au

und a niglnoglneichs haus 1092
und a niglnoglneichs bett
und a niglnoglneichs diandl
owa niglnogln deaf is ned

draussn tuads geistan 1093
herin is koa rua
i woid es wa oana
herinnad a bua
waun oana herin wa
bei mir do im bett
oft derfats scho geistern
i fiachtad mi ned

im gebirg wachsn dlatschn 1094
und dsun de ziagts auf
waun dweiba amoi ratschn
oft heans nimma auf

1095 sliesal hods wiesal gmahd
schürzal hods ummidrahd
sheu hod sie einabrocht
ois bei da nocht

1096 du liabreiches diandl
du schene gredl
du liegst ma im herzn
wia da schpeg im knedl

1097 sdiandl hod koan kas
i kau ia koan mocha
oft hauma koa jausn ned
is ned zum locha

1098 gehd da wind und brausts wossa
und in boch bumpan dschtoa
und koa oanziga bua
hod sei diandl olloa

1099 in soizburg haums a glocknschpü
in wean an hochn tuam
owa boid dmentscha schwaunga wean
dschuid gebms in buam

hiatzt hob i im woid draußt 1100
a voglhäusl gricht
hiatzt hob i a oids weib gfaungt
dos hod mi gift

durfahrana mentscha 1101
moant se san sche
sand gropfad und bucklad
toan oaseitad geh
de oane hod gretzn
de aundre hod läus
de aundre hod göbsucht
wiad a nimma weiß

wea hoch schteigt kau hoch foin 1102
wea vü trinkt muaß vü zoin
wea vü liabt muaß vü leidn
wea koane kriagt is ned zum neidn

sdiandl vo da eisenau 1103
hod an schneeweißn bauch
hod an koischwoazn fleck
den bringts ned weg

1104 solaung sdiandl jung is gwen
hods koan soidatn ned megn
hiatzt oissa oida scheam
hods eam scheiß gean

1105 s dindl hoaßt nandl
und da bua is a bäck
mitn soizschtangl kimmt ea
und mitn küpfö gehd a weg

1106 du doikada bua
kimmst vo lauta frogn ned dazua
waunst a bussl wüst hobm
muaßt ned solaung frogn

1107 sdiandl is hibsch weid weg
a drei schtund de glengan ned
mia kemman nimma zaum
jo wei ma zweid haum
waun dia da weg is zweid
und ned zu mia hea gfreid
daun bleib dahoam im bett
i brauch di ned

jo da bua is a bäck 1108
is dreiviatl schtund weg
hod mas dampfl eigriad
hobs a dreiviertljoa gschpiad

dort drobm auf da heh 1109
is a schtodl voi heu
sitzt a schens diandl obm
und koa bua ned dabei

da guggu in woid 1110
dea schreid oiwei bua bua
schau bei dein diandl noch
do gehds oiwei recht zua

strobl dos liegt im toi 1111
dos sog i ollemoi
san schene mentscha drei
do mecht i sei

sdiandl hod drei ghaud 1112
oachel is trumpf
und da wetzschtoa muaß heid nu
eini in kumpf

1113 mei diandl hoaßt zilli
de gab mas freiwilli
tad mas nochschicka a
wauns zum oschraufm wa

1114 sdiandl vo reiterndorf
hod ma ind toschn gsoacht
is de gaunz toschn noß
wos wa denn dos

1115 dgoisara mentscha
de gengan leicht hea
und zoist eana a hoibe
oft kriagst nu weid mea

1116 diandl wo host das den
das is ned find
host das in kostn drin
obm bei de schtrimpf

1117 vü fischl im wossa
vü antn im gros
vü diandln zum foppm
wia lustig wa dos

diandl wo host das den 1118
daß is ned find
host das zweid voan
oda host das zweid hint
und i hobs ned zweid voan
und i hobs ned zweid hint
i hobs grod beim schpengla
weis goa aso rinnd

geh nua weg vo mein fensta 1119
geh nua weg vo mein bett
i hob a schwoche natur
des vaschtehst du nu ned

und da hirsch hod a gweih 1120
und an schwoaf hod da hund
und sdiandl hod a nosn
daß einiregna kunnt

dmentscha san schtoiz 1121
san vo buxbaman hoiz
wauns vo an feichtan gebärn
miassns oft rean

1122 wos is um an zwoanzga
wos is denn ums göd
wos is um oa diandl
san gnuag auf da wöd

1123 a wiesn ohne blumen
de schtehd ned goa sche
a bua ohne diandl
muaß trauri hoam geh

1124 mentscha san übaroi
sunseitn a
schattseitn ara via
hövadaumd schia

1125 wegn oan madl raufm
liaba a lebzötans kaufm
hod händ und hod fiaß
und a goschal so siaß

1126 a göd muaßt scho hobm
und an schtoiz muaßt du fian
und oft kaunst jo de schensten
mentscha oi kriagn

wos hüft ma a roda opfö 1127
waun ea wuamschtichi is
wos hüft ma a schens madl
wauns ned fia mi is

ea suacht äpfö 1128
sie suacht bian
hiatzt is da kloa bua
scho drin in da wiagn

kloane kugal muaß ma giassn 1129
waun ma dhosn wü schiassn
a schwiegamuada muaß ma liabm
waun ma tochta wü kriagn

via bier noch zwöfe 1130
schlogts daun nu oans
a aufrichtigs diandl
gibts heid amoi koans

heid hods ma einigschneibt 1131
auf meine knia
beim diandl föds a scho weid
guad gehds ma nia

1132 und sgamsal in da wändt
hod an oasch an weißn
wia dmadln am saumstog
wauns pfoad wegschmeißn

1133 wauns diandl sauba is
und hod an witz
oft kriagts in da ewigkeid
a nu an sitz

1134 de gosauer mentscha
schtehnd kniatiaf in see
oba buama daboamts eng
da hunga tuad weh

1135 da fux tuads da füxin
da lux tuads da lüxin
de diandln da bua
drum gehds aso zua

1136 sdiandl in da gosaumü
loßt in buam waun ea wü
loßt in buam übaschteign
üba ia geign

und da traunschtoa is gschpitzad 1137
und da see noß
und mei oide is kropfad
i woaß ned vo wos

ge madl mi mechst gean 1138
eidruckte schtoilatean
rinaugads odlfoß
mi leckst in oasch

oh du himmlischa voda 1139
schick ma an mau
hod a jeds katzal an koda
und a jeds hendl an hau

mei herz muaß an fehla hobm 1140
des woaß i gwis
denn so oft i mei diandl siach
gibts ma an schtich

a wundaschens madl 1141
hod an prächtigen zopf
und waun oana rappöd
oft gschpiad eas im kopf

1142 annamirl annamirl
schau da um an mau
sunst schaud di dei lebtog
koana mea au

1143 snannal im kammal
hob bluadrode wangal
de wean ia vageh
wauns beim wiagal wiad schteh

1144 mei bua dea hoaßt hansl
und gretl hoaß i
mei bua dea liabts tringa
und staunzn liab i

1145 sdiandl sogt tua ma nix
drobm auf da schtiagn
hiatzt hods an kloan tuamanix
drin in da wiagn

1146 lustig und kreizvawegn
sammas beim diandl glegn
schneid hauma a fia via
braucht haumas nia

waun koa fux in woid gang 1147
wa koa keda vaschteckt
waun koa frischa bua wa
wa koa schens diandl gweckt

da schofberg is hoch 1148
und deisenau weid
zum nochban was nahad
haum dmentscha koa schneid

des wossa des rauscht 1149
des diandl des plauscht
des schpinnradl summt
mei muada de brummt

a diandl boids dick wiad 1150
des kau sie ned rian
in an geistlichen haushoid
braucht ma koa wiagn

de leid haums scho oft gsogt 1151
glaubt haums sis nia
de launghaxatn mentscha
haum gschpitzade knia

1152 sdiandl in da hittn
kocht in buam a guads muas
und dea doim greift ins pfandl
und wiad volla ruaß

1153 de vogal toan singa
und bön toan de hund
und mei weibal tuad brumma
olle tog a poa schtund

1154 und du deafst jo ned trauan
deafst ned aso woan
a diandl wia du
kriagt glei wieda oan

1155 de oa hod gmoand
de oa de is gloand
de oa de is glegn
hod gwart aufm segn

1156 biabal sogts madl
heid hauma koa heu
daun broat ma in kittl auf
a bett hauma glei

sdiandl leid kraung 1157
auf da bruadaschofts baung
geht da boda dazua
wa ia liaba da bua

du zaudirra bua 1158
du moanst du bist sche
bist a zaudiarra schtecka
zum woifoatn geh

de oane hod a große 1159
und de aundre hod a kloane
und de aundre hod a ledane
haundtoschn moani
hod oane a kloane
so hod ma a plog
hod oane a große
is a sovü lob

da oane is waumpad 1160
da zweite dea scheißt
da dritte is so gamsig
das eam netta so reißt

1161 dort sitzt an oids weib
aufm schüsslkorb obm
und hiatzt is ia a heuschreck
ins mäu einigflogn

1162 und sdiandl hod a zithan
und da bua hods ned gwißt
bis das ea mitn zithernschlißl
draufkemma is

1163 znaxt bin i bei oan diandl glegn
so a schene hods nu goa nia gebm
haxn hods wia drei schrod in da läng
a schoß hods wia a hoazlbeng
de hoa de san zum aussazupfm
wia bei oana berirupfm
augn hods wia a schtoilodean
des diandl hod mi gean

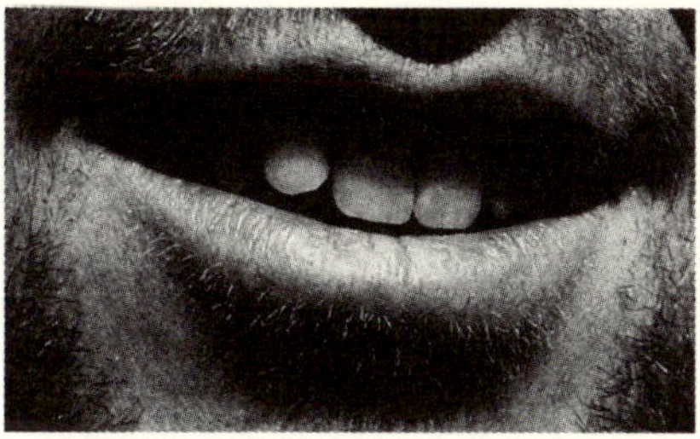

hans sandner

hüttenwirt
musikant

1164 gibts den wos schenas
ois a lediga schtaund
do schtirbt da koa weib
koa kind wiad da kraunk

1165 wos nutz mia mei trauan
um mein ledign schtaund
do soin nua de trauan
de zaumgheirat haum

1166 mei herzal is frisch
i legs aufm tisch
und an zettl dazu
das i ledig bleibm tua

1167 bin lustig bin ledig
i geh in koa predigt
i geh in koa amt
und wia do ned vadaumt

1168 so wia da wind heagehd
setz i mein huad
und solaung i nu ledig bin
tua i koa guad

is den ned schod um mi 1169
das i vaheirat bi
das i a weibal hau
und bin a mau
das i a weibal hau
und bin a mau
hiatzt kennan mas dleid
in da hosn scho au

seid i vaheirat bi 1170
und bin a mau
hiatzt schaut mi koa saubas mensch
a nimma au

seid i vaheirat bin 1171
gehds ma scho guad
hiatzt trog i am sunda
in weritog huad

waun i amoi heirat 1172
oft trog i mas aus
wauns weib ned dahoam is
bin i hea im haus

1173 waun ma vaheirat san
und gehd uns schlecht
sogt oana zu den aundan
so is uns gschiacht recht

1174 mei liaba bräutigam
wia host den des gmocht
wia host deine mentscha
auf oane zaum brocht

1175 liaba schotz heirat mi
daß i di kriag
mia brauchan koan kreiza göd
lebm vo da liab

1176 dmentscha vo da ischla gstettn
gengan nach lauffen ind kira betn
betn um a schene zeit
das koane übableibt
heiratn tatns gean
möchtn gean weiba wean
hiatzt kummt de schena zeit
fia dweibaleid

drei berg und drei toi 1177
und drei diandln auf a moi
oane liab i oane fopp i
oane heirat i amoi

heiratn tua i ned 1178
schtehd ma ned au
beim buam is vü bessa liegn
ois bei an mau

heiratn tua i ned 1179
des wa jo ned sche
i kunnt jo mei lebtog
zu koana andan mea geh

diandl waunst heiratst 1180
tuas woi übalegn
da eheschtaund is laung
und wos tuast den daun

waun i amoi heirat 1181
daun heirat i zwo
ane zua oabeit
und ane aso

1182 hiatzt hob i hoid gheirat
hiatzt gehds ma ned guad
hiatzt is ma hoid load
um mei unschuidigs bluad

1183 diandl waunst heiratst
daun gehd sgadal zua
daun singt da und pfeifft da
koa bua nimma zua

1184 zwoa schwoazbrauni ochsn
und a gscheckade kua
des gibt ma da voda
boid i heiratn tua

1185 lustig hob i gheirat
und traurig hob i ghaust
hob a stubm volla kinda
und a weib daß ma graust

1186 owa heirat na heirat na
i wünsch da vü glück
i wünsch da an braven mau
dea di recht liabt

um johanni johanni 1187
wiads erstemoi gmahd
bua waunst amoi gheirat host
is da schtrick draht

heiratn tua i ned 1188
weils mi ned gfreid
bei de mentscha is bessa liegn
ois bei an weib

drah di umma drah di umma 1189
rotgscheckade kua
wea wiad di den möcha
waun i heiratn tua

mei liabe braut 1190
wia kimmst da den via
waun olle tog auf dnocht
da söwe bua liegt bei dia

herziga schotz 1191
in mein herz is koa plotz
in mein herz is koa rua
bis i heiratn tua

1192 diandl in gottesnaum
heirat ma zaum
wos ma neuli haum triebm
bleibt aso ned vaschwiegn

1193 jo diandl waunst heiratst
daun heirat koan schmied
dea bempad de gaunze nocht
und loßt dia koan fried

1194 gibts den wos schenas
ois zwoa junge leid
wauns wiagal recht pumpad
und skindal recht schreid

1195 diandl waunst wüst
nochea heirat ma zaum
es kost uns ned vü
wei ma eh nixe haum

1196 ziziwischpal ziziwoschpal
muada heiratn tad i gean
mi juckt mei ziziwischpal
das i narrisch kunnt wean

mei voda hod gsogt 1197
und mei muada a
waunst das diandl wüst liabm
muaßt das heiratn a

diandl heirat koan maura 1198
du heiratst ind not
host im summa koan mau
und im winta koa brot

drobm auf da heh 1199
bleibt da hozatwogn schteh
und de braut de schteigt aussa
weis soacha muaß geh

waun i auf dhozat geh 1200
daun deng i erst drauf
voda gib ma a göd
das i lustig sei kau

hochzeita host gheirat 1201
hiatzt reich ma dei haund
heid seng ma di sletztemoi
im ledign schtaund

1202 a schens a neichs häusl
a schens a neichs bett
und a schens a neichs diandl
sunst heirat is ned

1203 heirat ma heirat ma
diandl du kloans
aus lauta liab heirat ma
haus hauma koans
waumma koa haus haum
hauma scho a broads bett
do kennan ma schlofm
koa haus brauch ma ned

1204 und wauns amoi gheirat is
is da knopf gmocht
oft liegn ma beinaunda
daß bettschtadl krocht

1205 auswärts wiad gfenstalt
in summa wiad gliabt
in herbst do wiad gheirat
in winta wiad gwiagt

madl heirat koan schinda 1206
du heiratst in dnot
nimm liaba an müllna
host oiwei a brot

du glaubst du bist sche 1207
und du büdst da vü ei
vielleicht muaß dei schenheid
dei heiratsguad sei

da brautweisa is hoid 1208
a lustiga mau
ea taunzd wia da teifö
und zoid was ea kau

waun sonn und mond aschling gehn 1209
und da schneck schpinnt
und da ochs esel wiad
daun heirat i gschwind

des diandl kriagt a heiratsguad 1210
des is freili ra
sheiratsguad hed i gean
wauns a andere wa

1211 waun i amoi heirat
daun heirat i siebm
sechse zum gödheatrogn
oane zum liabm

1212 zwoa recht oide goas
und a schtockblinde kua
des gibt ia da voda
waun is heiratn tua

1213 sfegefeua is ausbrennd
und dhöll is eiskoid
da teifö hod gheirat
und is scho schtoaoid

1214 i mecht so gean heiratn
groß wa i gnua
mia is jo de zeit zlaung
von abend bis frua

1215 mit unsera ehe
bua do is a jamma
mei weib is a beißzaung
und i bin a haumma

und heiratn tua i ned 1216
bin nu a kind
a joa a zwoa woat i nu
oft heirat i gschwind

und heiratn tua i ned 1217
hobs scho betrocht
skindagschroa kau i ned
leidn bei da nocht

de i amoi heirat 1218
des muaß oane sei
und de deafad ois tringa
vü bier und vü wein

heiratn heiratn 1219
wa a scho recht
und es is jo koa red davau
das i ned mecht

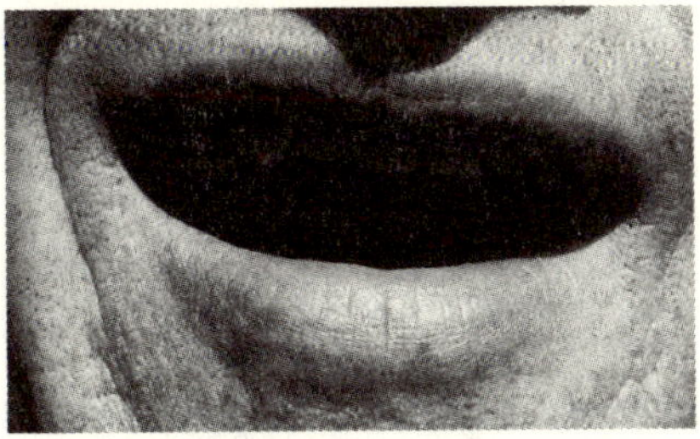

gang appesbacher

ziehharmonikaspieler
heuschobermusi

1220 owa heid gehmas goa ned hoam
moring amoi
oft sogt hoid da voda
heid kimmst amoi boid

1221 schpüleid mochts langsaum schluß
i mog ned solaung
i hob an oids kuchlmensch
mi gfreuds nimma laung

1222 schpüleid heads aufschpün auf
es is scho boid gnua
mia haum des ned gean
fia heid is scho gnua

1223 gehds auffi gehds ummi
ia finds in weg gwis
mia wean uns scho wieda sehng
des is scho gwis

1224 wißts koane gstanzln mea
daun kaufts ma a o
i hob nu a dutzend
in mein hosnsock do

hiatzt gemma hoam sche schtaad 1225
dsun hod si owidrahd
mir kemman an aundasmoi
owa ned boid

hoamgeh is ned mei freid 1226
hoamgeh loß ma aundre leid
hoam gehma morgn in da fria
oda goa nia

mitn gstanzl singa 1227
do kennts mi ned kriagn
i loß eichs glei dutzendweiß
am heuwogn heafian

hiatzt hean ma wieda auf 1228
mitn gstanzl singa
sonst glaum de leid glei
mir hoidn de pappm nimma

a liadl is gsunga 1229
und a gstanzeln a poa
es weads uns scho wieda hean
aufs nexte joa

1230 a recht schens pfiat gott
und a aundas moi mea
san leibfrische sänga
kemman gwis wieda hea

1231 de gstanzeln san gsunga
haum si singa loßn
wea bier in kruag hod
soi mi tringa loßn

1232 lustig und kreizfidö
hoam gehmas ned so schnö
hoam gehma morgn in da fria
oda goa nia

1233 sliadl is aus sgstanzl is aus
diandl is beim rauchfaung aus
und da bua schreid ia zua
gsöchts fleisch hauma gnua

1234 i wünsch da zum obschied
recht vü glück und vü segn
und waun da ana mea wünscht
dea soi das glei gebm

credits

erich, pauline falkner
schurl, margit gsenger
klaus mayr
markus binder
ferdl schuster
hias schaschko
justi, hans sandner
herbert scherhaufer
wolfgang appesbacher
lois neuper
norbert pointecker
georg grubinger
familie burgstaller
hans raschhofer
michael huemer
hias gattermann
ernst weber
franz fürst
bert estl
sam auinger
judith vorbach
claudia fuchs
michael lederer
harald zeitlhofer
michael mitter
gottfried eilmsteiner
johannes tober
ferdinand bernhard

publication PN°1
Bibliothek der Provinz

Verlag für Literatur, Kunst und Musikalien